文学之都·青柠檬丛书

自逐白云驿

春马 著

南京出版传媒集团

南京出版社

图书在版编目（CIP）数据

自逐白云驿 / 春马著 . -- 南京：南京出版社，
2021.3

（文学之都·青柠檬丛书）

ISBN 978-7-5533-3182-9

Ⅰ . ①自… Ⅱ . ①春… Ⅲ . ①长篇小说—中国—当代

Ⅳ . ① I247.5

中国版本图书馆 CIP 数据核字 (2021) 第 027945 号

丛 书 名	文学之都·青柠檬丛书
书 名	自逐白云驿
作 者	春 马
出版发行	南京出版传媒集团
	南 京 出 版 社

社址：南京市太平门街53号　　　　邮编：210016

网址：http://www.njcbs.cn　　　　电子信箱：njcbs1988@163.com

联系电话：025-83283893、83283864（营销）　025-83112257（编务）

出 版 人	项晓宁
出 品 人	卢海鸣
责任编辑	陆 萱　潘 珂
封面设计	朱赢椿　戴亦然
封面插画	风 四
版式设计	石 慧
责任印制	杨福彬

排 版	南京新华丰制版有限公司
印 刷	南京爱德印刷有限公司
开 本	880毫米×1230毫米　1/32
印 张	6.25
字 数	124千
版 次	2021年3月第1版
印 次	2021年3月第1次印刷
书 号	ISBN 978-7-5533-3182-9
定 价	52.00元

用微信或京东
APP扫码购书

用淘宝APP
扫码购书

青春因文学而不朽

丁　帆

看到一句话十分感动："青春不死！"言下之意，就是《青春》杂志不死。而从广义的角度来说，这世间一切生命的理想和欲望都是想永葆青春活力的。然而，青春易老，驻颜难求，唯有文学才能使青春不死。

多年前，当方之在为筹办南京市的一个杂志而殚精竭虑、耗尽最后一息生命之时，中国文坛记住了 1979 年这个难忘的金秋——在那个充满着文学青春活力的时代，《青春》杂志诞生了。她照亮了许许多多文学青年圆梦的道路，几十年间，一批又一批的作家从这个摇篮中呱呱落地，在蹒跚中走向了诗和远方，她成了中国文坛培养青年作家的地标性刊物。

毋庸讳言，20 世纪 90 年代的商品文化大潮无情地冲击着人们的文学理想，当文学成为消费文化的奴仆时，青春不再了，"青春几何时，黄鸟鸣不歇"（李白），"泥落画梁空，梦想青春语"（吴文英）。这样的悲凉却是几代文学青年心头之痛。然而，在21世纪的第二个十年到来之时，带有"青春"标识的文学复活，则搅动了新时代文学青年的青春之梦，她会又一次成为新世纪文学新人的摇篮吗？《青春》作为一份以培养文学新人为办刊宗旨的杂志，尽管有许许多多困扰羁绊当道，但是她主办的"青春文学奖"35年后的重启，无疑吹响了召唤"青春文学"的号角。在这里，我们看到了文学的希望——《青春》杂志把文学青春的触角伸向了大学校园，新一代有知识有文化有识见的青年作者从这里出发，迎接他们阳光灿烂的文学日子，即使再有暴风骤雨的时刻，他们也必定以青春的名义，向这个世界宣告：我们来了！

第六届"青春文学奖"以青春开路，将获奖作品结集出版，定名为"文学之都·青柠檬丛书"，其中包含了获奖的5部长篇小说和5部中短篇小说。无疑，冠以"文学之都"，其用意不言而喻：也正是在《青春》创刊40年后的2019年又一个金秋时节，南京被联合国教科文组织评为"世界文学之都"，《青春》也唤回了自己的第二青春期；"青柠檬"则预示着青春文学在青涩中的又一次崛起，她象征着大批的青年作家将从这里起航，走进成熟前的那份没有被污染的清纯境界，走进那个青春萌动的憨态可掬的创作流程之中。

浏览这些作品，我仿佛看到了一种原生态文学写作者对创作的虔诚与庄重，从中既看到了文学未来的希望，同时也看到了他们在成长中需要磨砺的青涩。

在五部长篇小说中，第一名是空缺的，这充分体现了评委会的严谨态度。以我的陋见，这批作品正是成长中的作品。

宋旭东的长篇小说《交叉感染》以变幻着的第一人称与第二人称叙事视角，灵动地展现了作者对生活的深刻思考。时空的变幻，让小说具有了来之不易的成熟和韵味，也让书写脱尽铅华，不显造作，使作品的生活气息显得自然贴切。显然，它的理性哲思通过形而下的形象描写，让读者从中嗅到了青春的气息。

《自逐白云驿》来自一个日本大学社会学专业学生的手笔，其小说也是在时间和空间、现实与梦幻中展开抒写的翅膀，思考的却是生存哲学问题。作品是一部成长小说。作者春马对人性的思索充满深刻的探究和剖析，沉湎于形而上的描写之中。从某种意义上来说，这类作品如果能够完成小说从形而下到形而上，再到形而下的描写过程，或许会更能够打动读者。

阿野的《黎明街区》描写年轻一代人迷茫的人生境遇，青春的痛感与生活的无着，在作者形而下的生动描写中得以充分体现，所形成的作品张力，让人感到无边的生存困惑无处不在。所有这些生活景观都在作者细致的描写中得以较好地呈现，也体现了作者对青春迷茫期的人生叩问与沉思。

钱墨痕作为一个已经在中国现当代文学专业学习的年轻学子，他的《俄耳普斯的春天》虽然过于讲究从主题出发来建构小说的肌理，但是，也写出了被时光和世人之眼"石化"的人物从幽冥的黑暗中提点到阳光下的复活，从这个意义上说，作者对于这个世界形而上的思考是有一定深度的。

高桑的《火速逃离平江路》通过一个儿童的限知视角和一个全知视角，以交替的眼光来展开对世俗生活的描写，虽然没有君特·格拉斯那种具有荒诞性的结构和观察世界的独到之处，以及深刻的哲思，却也写出了人物命运的艰辛，不乏对生活的深入思考。作品对平凡人物的心理描写和市井生活的摹写，也有其独到之处，显示出作者较强的生活洞察力和深切的人文关怀。

在得奖的五部中短篇小说当中，《狂想一九九三》属于那种以澎湃激情取胜的作品，情感抒发一泻千里；而《花朝鲁》则是一篇舒缓的抒情诗；《镜中人，镜中人》是在写实与想象的时空之间，展开故事的叙述，具有一定的小说张力；《木兰舟》以浪漫主义的笔法抒写了一个异乡人的边地故事，以城市文明为参照，反思了两种文明的双重悖论；《心梗》对日常生活的描写，展示了一种对人性的思考。

在这些小说中，我们看到了作者进入文学创作状态下的那种激情与青涩，同时也看到了那种青春创作期的兴奋与亢进，以及在愉悦之中成长的烦恼。随着坚持不懈的努力，他们会在逐渐成熟的过程中完善自我，获得看取世界的生活经验，极大地丰富创作的能力和把握文学主题的信心。

作为一个历经沧桑的文学批评者，我更希望我们的年轻作家能够在广泛阅读的基础上获得认识世界、理解社会的经验。因为许许多多的创作经验并非在习焉不察的生活中获得的，恰恰相反，许多前人对世界和人性的认识，是确立我们世界观和价值观的坐标，能够成为触发我们创作动力的源泉，也是让创作能力永不枯竭、永葆青春的驱动器。

青春不老，文学长青！

（作者系南京大学文学院教授、南京大学学术委员会委员、中国现代文学研究会会长、中国作家协会理论委员会副主任）

楔子

我从来不相信生辰八字这回事，一刀下去，把天注定的三更生变成二更生。如果有一天，一刀下去，让二更死的人延迟到三更咽气，那阎王爷也要生气。

死亡伴随着我出生，或者说死亡在我出生之前就已经到来。有些人已经死亡，有些人注定要死亡，这都无可厚非，人难逃一死。关于生死，在我完全不了解哲学的时候，就有了一种思辨和困惑。它让我提前衰老。那个年纪正是朝气蓬勃、向往生命的时候，我却对虚无和死亡产生兴趣。说到这两个东西，大概是始于死亡，终于虚无。

我不想把以下的行文变成思辨式让人费解的枯柴般的文字。我要提醒自己，当困惑不解的时候，不是要急着找到答案，是要发现一个更大的困惑吞并它。像我所遭遇的悲痛，必须要找到更大的悲痛来遗忘。幸运的是，我总能找到。我从没向往过那里，却在发现的那一刻开始向往——白云驿。

我将耐心地记录找到那里的过程，以及发生了什么。

如果听到了我的呐喊，请予以回声。

（我眼前没有纸笔，没有食物，浑身已经长满湿藓和青苔。我的脚已经变成跟周围鹅卵石一样的石头形状，手指开始干枯，眼睛开始凸起。我感觉到身后有树在向我走来……以上并非我的文字，是我思维的涌动，是我对身后漆黑的森林的自言自语。我并无恐惧，也无寂寞，更加没有绝望。）

1

祖父在我父亲十一岁时撒手人寰，享年五十三岁。外祖父在姐姐出生的那年也去世了。对于这两位老人家，我有权怀疑他们的存在。当然，这些话我不会向父母说——怀疑那两位老人就是怀疑父母，怀疑父母，就是在怀疑自己。如果我开始问自己从哪里来的，不等找到答案，我会先疯掉。

祖母在我七岁那年冬末去世。只记得夜里醒来的时候，所听不知是雪的声音还是敲门声，等我睁开眼，已经是一屋子的人。记忆中，祖母是不会说话的，当然也不是哑巴，是脑血栓导致她无法说话。记忆深处一直珍藏着她略带沙哑的声音——笑声，这是我对她为数不多立体的记忆。

那笑声像是紧闭双唇，从鼻腔里喷发出来的。她瘫痪在沙发上数年之久，不知为何竟有这样强大的气力。大概是下肢的萎缩，让上身力气变大。我时常会闭着眼睛，回忆这声音背后发生的事，但无从想起，只能猜测，那是病入膏肓的祖母吃到久违的山楂糕，却不能咀嚼而感到窘迫，甚至焦虑时发出哭也似的笑声。

此时，祖母黄得发黑的脸会浮现在脑海，那是与父亲十分相似的一张脸。幼小的我跑到镜子前，无论是记忆里的那张脸，还是父亲的脸，和镜子里的那张相比是完全不同的。这是可怕的发现，这是关于我是谁的第一问，但我没有回答。

就像疯掉的人突然恢复意识，再看到这个世界，已恍惚过去二十几年。眼前的亲人朋友，他可能一下子反应不过来，很有可能已经从记忆里抹去。他记不起疯掉的日子里发生了什么。他想喊母亲，却发现他喊的母亲是他妻子，抑或是他的女儿，他的母亲早已不在人世。父亲的遗像摆在桌上，上面落满灰尘。他开始对这个世界感到恐慌，这是关于他是谁的第一问，会有人回答。

刚出生的婴儿一定也有类似的恐慌。他看到这个世界的时候，眼前是一个个什么跟什么似的什么（我只能这样形容婴儿所见所想）。好奇战胜了恐惧，他不能言语，所以潜意识就可以对他讲话，告诉他，他笑，眼前的什么也会对他笑；他哭，眼前的什么会把他抱在怀里，发出让他舒服的轻吟。他像时空错位一样，不受控制地在睡与醒之间任意穿梭。渐渐地，他学会了两个本领，可以打败一切语言的本领——哭与笑。

刚才那个刚恢复意识的疯子就不会这么幸运，他也有哭与笑的本领。可是，他笑没人陪着他笑，"这人又疯了"，别人会说。他哭也没人把他抱在怀里，还会没好气地呵斥道，"你就知道哭"。

再一次将思绪拉回到祖母那张枯黄的脸上，笑声响起。一声声循环往复，不会突然变高或变低，也不会拉长或者变得短促。只是如同呼吸一样从祖母的鼻腔跳过我的耳朵，直达我的头脑。我欣然接收这来自遥远记忆带来的压迫感，轻松又厚重。

突然间，厚重感变成一道铁门敞开。铺天盖地的哭声翻滚而来，势之凶猛，有一种毋庸置疑的力量，不允许我做任何反抗。

关于祖母葬礼的记忆，被切割成无数个窗户，每一个窗户都像一台放映机：

第一扇窗户，在仓房里。两把长凳支撑着绿漆门板，上面躺着一位老人，身上盖着大红布。门板下面放着残灯，是用稻草编成的小篮子包着的一个白瓷碗，白瓷碗里面是猪油和豆油混合物，白线揉搓的灯芯搭在碗的边缘。点燃的灯芯冒着荧荧火光，火苗时而平静，时而轻微晃动。每次晃动都会随之冒起黑烟，如同黑无常降临，黑烟聚集得足够多，他就会现身。猪油的燃烧散发着腻人的香气，在屋子里弥散开来。为了不让灯油耗尽，我必须时刻盯着它，生怕眨眼的工夫就熄灭了。据说残灯灭了，祖母灵魂升天的路就断了，母亲把看管油灯的任务交给我，我不敢有丝毫松懈。我望着门前的山，好像祖母的灵魂已经在山顶回望。她不关心别的，只关心为什么把看管灯油这么重要的事交给孩子。

第二扇窗户，地点没变。祖母身边围了许多人，我记不清都是谁，大概就是每年拜年一定要见的人。他们在号啕大哭，没有一个掩面。我认为只有不掩面的哭才是真的痛哭。她们哭得十分有节奏，声音洪亮足以惊动山上的飞鸟。哭声有节奏，尽管声源不同，却十分和谐，造成恰到好处的滑稽。一声一声，此起彼伏。我牵着姑姑家的弟弟站在一旁，那是一次痛苦的经历。

当然，并不是因为祖母去世而痛苦，是另有他因。

听着姑姑们合唱一般的哭喊，我和弟弟不知是谁先笑出声来。我俩又不敢笑得放肆，只能用手捂住嘴，脸挤得变了形。他们越是哭得厉害，喊得声音越大，我和弟弟越觉得可笑。

父亲发现我并不是在哭，而是在笑。他瞪着我，脸上挂着泪，一脚将我踢倒在墙角。我又回到祖母身边痛哭。这次我的哭，声音之大盖过所有人的哭声。

没有人来安慰我，他们更专注于自己的哭泣和喊叫。他们争先恐后用哭来宣泄心中的悲痛。这种争分夺秒的哭喊像是怕错过什么，仿佛他们在葬礼上失去的，可以在这哭声中重新找补回来，因此，他们哭得更加悲痛，也将换回更多。

我同亲人们一样穿上了肥大的麻布白孝衫，祖母的遗体被抬上火葬场的车。那是一辆面包车改装的，专门用来拉尸体的车。亲人们换成小声啜泣的同时，弟弟尖声利嗓地大哭起来。

问他为什么哭，他把腰上捆着的白布扯了扔掉，说他也要穿孝衫。姑姑安慰道，他是外甥，不该戴重孝。弟弟听不懂姑姑的解释，只觉得那件衣服稀奇好看。实在没办法，就用边角料给弟弟缝了件没有袖子的孝衫。

第三扇窗里有冬日清晨的阳光和空气，透明了许多。三九隆冬，冰冷刺骨，之后经过几个夏季我才忘记葬礼时的寒冷。葬礼过后，院子里一片狼藉，铁锅里的水变成大冰坨，我把冰拖出来，坐在冰上转来转去。冻裂的酒瓶子，还有饭菜的残渣落了霜，狗龇着牙也啃不下冻在地上的炸鱼。

人们礼貌地称死去的人为故人，称死人是不尊敬。可死了就是死了，"死"是对一个死去的人最好的称呼。就像你不能对一个活着的人说，你是一个总要死去的人。

葬礼结束的第二天，亲人们纷纷离去。大家住得并不远，最远也不过隔壁县城。他们顶着严寒站在院子里，做了一长串祈祷似的告别，如同此生再难相见的架势。他们有的流泪、有的抹泪，脸冻得呈现出阴沉的紫色。祖母的去世让亲人有一种树倒猢狲散的担忧，他们互相叮嘱，也在告诫自己——叔叔说，烧头七他一定回来；姑姑说家里事多，只能等到烧七七才能回来。他们所要表达的无非就是，尽管树倒了，他们也不会像猢狲一样散了。他们会再另找一棵树，或许不必刻意去找。家族这棵树，只要有亲人在，就会万古长青。父亲应诺，叹息着说："忙就别回来，我和二更去也一样。"父亲提到我的名字，没说姐姐。我有点自喜，向父亲身上靠了靠。

亲人们都送走后，家里陷入宁静，幼小的我希望再来一场葬礼，重新让家里热闹起来。卧室地上散落着厚厚的黄纸和报纸，像是在镇压某种邪物，又像是在迎接什么圣物。屋中弥漫着香和黄纸焚烧残留的气味。我看着祖母瘫痪期间每天坐着的矮沙发，上面堆满了她的旧衣服。

父亲走到屋里，跪在祖母的衣服上哭了一阵子，含着泪将衣服一件件叠好。不顾地上脏土，趴在地上，将黄纸一张张堆起来。这些完全没必要的举动，是为了另一件完全没必要的事。父亲抱着衣服和黄纸来到院子里，将它们扔进墙角那口给祖母烧夜纸时用的铁锅里。

"你这是干什么？"母亲在门口问。

"烧了。"

"衣服我已经答应给别人了，你怎么给烧了？"母亲上前阻拦。

无奈冷酷的父亲已经把黄纸点燃扔在了衣服上。干燥的黄纸快速燃烧，连同祖母的旧物一起吞噬。寒风呼啸着将火焰打得七零八落。火焰被大风吹得窒息一般隐匿，等风稍轻一些，又腾空而起。

寒风中，父亲久久凝视着火焰，我久久凝视着父亲的背影。

母亲生我的清晨，正在树上摘苹果。她突然腹部剧痛，浑身失去知觉，以降落的姿势，后背着地摔下树来。过了半个小时父亲赶到，将母亲用马车送到医院。全家人都以为我会马上出生，可我在母亲子宫里一直闹到二更天才露出脑袋。由于我的顽固和父亲执意不肯剖腹，母亲就这样被来回推进推出产房三次。

为了让我记住母亲生产时的痛苦，父亲给我起名叫二更。

一直到我生下来可以吃奶，母亲才不得不看我。她说，她第一眼看到我憋得紫红色的脸和张着血红色的嘴哭的样子，她就知道，我是她上辈子欠了命的债主。还好母亲命硬，没死在产床上。

母亲说她后来贫血的病，一定是哺乳期失血过多导致的。稍大一些，我同样也患了贫血，才将母亲的埋怨告破。贫血每年造访母亲一次，母亲把自己照顾痊愈，我也会再一次贫血，母亲用照顾自己的方式照顾我。

母亲说我是怨气不是很重的"灵婴"转世。当我理解"灵婴"的意思，就开始寻找自己身上关于灵婴怨气的藏身之处。我吃奶的时候，总是像饿狼的幼崽一样盯着母亲的乳房。扫视周围，又如同河边饮水警觉的小鹿。母亲说我那么小就会皱眉，不算好征兆。我被亲人强行抱走时，会对准他的脸打一巴掌，把他的眼镜打歪，还会把他脸划破。

姐姐们都避着我，怕我毁了她们少女初成的容貌。实际上，我十分渴望被姐姐们抱着，好像天生对女生有亲昵的情感。母亲说，每当姐姐抱我，我就会安静地看着姐姐的脸。直到把姐姐看得不知所措，扔下我跑开，我会大哭不止。姐姐们常指着我的脸蛋儿说："咱家二更是个小流氓！"后来我明白，我对女人的好奇不是立足于男性的立场，而是阴阳交错的另一个结果。

　　家人说我是午夜出生的马，正喂饱了饲料在窝棚里休息，是最清闲的时候。我总觉得自己的心不停操劳，一刻不停地奔跑，在草原奔跑、在云端奔跑、在沙漠奔跑、在地狱岩浆上奔跑……夜晚在屋檐下落脚，睡觉；睁开眼又开始奔跑，马不停蹄。

　　所谓出生，是一头扎进漫无边际的雾霭。在雾霭中行走，前方的不可知让人充满乐趣和无尽折磨。姐姐告诉我，我一出生她就害怕我。看着我头发粘在头皮上，浑身赤红，皱皱巴巴。她看都不敢看，更不必说抱和亲吻我。她告诉我，我出生那天，亲人都在医院。她独自一人在饥饿中度过一天。饿了一天肚子不说，漫长的夜晚让她哭到昏睡过去。从此姐姐十分惧怕夜晚，就算我长大了，那个总在夜晚出没的小恶魔还是会找到她。

　　父母还算公平，并没有对我这个"传家宝"过多偏爱。姐姐嘲笑我说，传家宝也不过如此。可我对母亲十分依恋，睡觉要抱着母亲的手臂，吃饭要挨着母亲。至今都记得，母亲常年劳累，胳膊粗壮硬实，完全不像女人那般柔软。

　　还有一件让我至今觉得脸红的事情。直到姐姐十几岁，姐弟俩还是很依恋母亲的乳房。如果母亲可以一直产奶，我和姐姐大概一生都不会断奶。我们时常在睡觉前，围着母亲的乳房玩上好一阵子。母亲半睡半醒，仰面躺在那里，任由我们像小猪一样，围着母亲滚来滚去。

　　母亲的两块高地是我和姐姐永远想攀爬，总也攀爬不上去的高山。母亲身体的强壮，性格的刚强，是我和姐姐，加上爸爸三个人也比不了的。母亲说我就是吃了这里面流出来的母乳才长大的，得知这件事我既兴奋又沮丧。我想再尝试一次母乳的滋味，母亲却说她这辈子都不会再有奶水了。我学着放羊人那样给母亲拔了很多草，希望母亲吃这些鲜嫩多汁（在放羊人眼中最能让羊下奶）的草。母亲笑着把草扔进灶台，新鲜的绿草瞬间冒起乳白的烟。烟即将散尽时，忽地冒出一团火，将草烧成灰烬。我大哭，为了草的死亡，"希望"的破灭。

我看到邻居家粉红的小猪，围着母猪的肚子拱来拱去，样子十分可爱。我想，我和姐姐那种习性的根性，一定源自猪。从那以后我便不再参与姐姐发起的游戏，我不想和小猪有习性上明显的相同之处。

看到踩蛋的公鸡或者公鸭，我会把它们从母鸡母鸭身上赶下来，在我眼里这是欺凌。渐渐地，我发现的动物举动越多，也就发现人类身上的动物性越多。人类在我眼中开始变异，没变丑，也没变漂亮，我还可以称人类为人类。只不过在此基础上，人是用两条腿走路的动物。这在科学里是毫无疑问的，可揣着这种意识看待人，会让人癫狂、嘴唇发麻。我还不足成人腿高的时候，走在人群中时常感到恐慌。密密麻麻的无数条腿，让我感觉置身于一个说不清处境的世界。

我想，只要我把自己想象成和其他人一样的动物就好了。这让我更加恐慌——如果我是动物，那么我是猪，两条腿走路的猪。这个想法在尚未懂得辩证的幼小心灵留下阴影，我陷入了猪与人的争夺之中。

西天两团云如同美人的红唇，时而亲吻，时而分开。云下的天空是橘红色的，云上是淡淡的蓝天。我蹲在院子里，看着铁栅栏另一边的肥猪。它因饥饿，前蹄搭在栅栏上直立着，平时看不见的脖子也伸出一截，狼一般仰天长嘶。母亲提着半桶猪食走来，用葫芦瓢打着猪头，瓢上黏着的粮食溅起很高。把猪打下去之后，母亲一股脑把粮食和水的混合物倒进水泥槽里。

我靠近了些，为了更仔细地观察猪吃食的模样。猪用力甩了甩浸入猪食里的大耳朵，我脸上也溅了许多猪食。我一动不动地注视它，它比我更专注地将整个鼻子埋进猪食里。我希望它抬头看我一眼，像人类那样寒暄地问我：要不要尝一尝刚做好的食物。

那天晚上，我模仿猪吃食的样子，被父亲打了一拳。父亲警告我，再这样吃饭，就把我扔进猪圈里，和猪一起生活。从此，不仅人与猪的问题让我感到恐慌，连猪圈也变成用于惩罚我的场所。实际上，猪圈和我的被窝仅有一道墙之隔，四五米的距离。

作为男性中的一员，我的童年都是和女人交织在一起的。母亲、姐姐、姥姥、姑姑、舅母，甚至是村里不相关的妇女和媳妇。不知是我围着她们转，还是她们围着我转。总之，在我仅有的童年记忆中，这些女人的身影无所不在。父亲，这个男性的代表，只在特殊的记忆中才会出现，比如年关宰猪、秋收季节、家中添置新的家具等，一些需要男性劳动力的场合。

更多的是与喝酒有关的场合。对于痛苦的经历，记忆的滤网已将这些和酒有关，或者散发着酒气的言语，以及肢体语言全部过滤掉。仅存的，只有啤酒沫溢出酒杯，沿着桌子边缘滴滴答答地落到地上；或是安静的午夜，一连串多米诺骨牌一样倒在地上的空酒瓶的清脆响声。

我不会刻意记住这些，在我清醒的时候记得也不深刻。这些事情多半发生在我躺在沙发或者是酒桌旁边的被窝里睡觉时，是我处在半睡半醒状态下记住的。这些记忆没有通过正常渠道进入我的脑海，那么细碎。它们如同墙缝里钻进来的老鼠，在幽暗的洞中繁衍生息。而真正凶猛如虎的记忆，我还可以凭借逐渐强大的意志力，把他们从记忆中碾碎消化。

我暗自庆幸，记忆被女亲人们占据大半，或许会让童年少一些尖锐和昏暗。尽管她们带给我的不是阳光，也非雨露，只不过是她们认为好的关爱我的方式。因为我是家里面唯一的男孩。

初秋，天气凉爽也只在早晚两个时间段。正午依旧是一派盛夏的燥热。我和姐姐从上午就去隔壁的大舅家玩，大舅家有两个姐姐。三个姐姐凑到一起后，开始对身边原本觉得很有趣的事物不再感兴趣。她们聚在一起，密谋着什么似的，小声耳语。实际上，这种耳语完全没有必要。一来四下无人，二来即便有我，我也不可能听懂她们在说什么。她们或许是看了大人们常盘腿大坐摆龙门、你一言我一语小声说话得到的灵感。我很遗憾她们学着大人的模样谈话，她们却以此为乐，看起来比我还要无聊。

我不仅无聊，根本就无事可做。那时，第一次感觉到，我的五官完全可以废弃，感官也可以全部关闭，连我的存在也不再有任何价值。我身体的一切，都像被时空抛弃，它保存我，把我藏起来。

窗外，杏树的枝丫伸展到猪圈上空，肥猪躺在树荫下。猪身上就落着一层蝇虫，像盖着棉被一样。每当肥猪被梦惊醒一般抖动身体，那层蝇虫忽地升起，又各自落回原处。它们究竟是在睡觉还是在觅食呢？一个熟透了的黄杏掉在猪耳朵上。肥猪猛地翻身而起，蝇虫一哄而散。肥猪用它的鼻子，而不是用眼睛——它的眼睛已经被皮肉挤得快要闭合，并且被耳朵盖得严严实实——寻找着刚才打到它的东西。终于它找到了，一口将飘在粪水上的黄杏纳入腹中。肥猪再一次回到树下侧身躺好，我也将视线转移——它再也找不到合适的落脚点。

姐姐唤我，把我从虚空中揪出来。我转动了一下身体，正好与阳光碰个正着，阳光刺得我睁不开眼。我看不清姐姐们在做什么，为什么要喊我。

"看你，眉头皱得像个老头儿。"

"真是啊，别动，数数你老了有几条抬头纹。"年纪最大的姐姐爬到我身边数起来。她脸贴得很近，我能感觉到热度和她口腔吐出的气味。

"一、二、三、四。剩下的太小了，不算了。"

"四条啊，真不少。"二姐说。

"快点，快点，我等不及了。"姐姐说，"二更，我们陪你玩好不好。"

我点头，大姐把我从阳光下移出来，室内瞬间暗下来，我有一种被拯救的喜悦，更使劲地点了点头。

我坐在大舅看书专用的椅子上，姐姐们让我闭眼我就闭眼，让我睁开我就睁开。

"你别乱动啊。"二姐说。

"痒。"

"忍一下，马上就好了。"

二姐用睫毛夹子夹到我的眼皮，我大喊一声疼。大姐赶忙从抽屉里拿出一块牛奶糖塞进我嘴里，我不叫了。

"没有假头发怎么办。"姐姐们突然意识到一个严重的问题，一筹莫展。她们把我扔在椅子上，聚在一旁密谋，警告我不要看镜子，也不要睁开眼。

我闭着眼坐在那里，不算漫长也不短暂的一段时间过去了。我没有计量过时间长短，对于刚出生几年的我来说，时间最不值钱。对于孩子身份的我，或者是身边的亲人们来说，我要做的就是让时间快点、再快点，让我快点长大。乡下人不知道彼得·潘的童话，不过父亲似乎参透了这一点。多年以后，他对别人说，二更永远都长不大。长不大也好，各自省心，就让他永远做孩子吧。

不知过了多久，我困得在椅子上轻微晃动。阳光挪动脚步，踩在我的背上和肩上，暖意顿生，加快了我进入睡眠的速度。

姐姐们回来了，不知谁踢到水桶的声音将我吵醒，我醒来也没睁开眼。那个时候，紧闭双眼获得的安全感，是这辈子绝无仅有的一次。姐姐们把带回来的东西撒在我头上。玉米香甜的气味被我捕捉到，我深吸了几口，那气味略带清凉，让我既清醒又喜欢。我问姐姐那是什么，姐姐不告诉我，说等一会就知道了。

她们在我头上抓来抓去，细碎得像是头发一样的东西落在我鼻子上。我抓起它放进嘴里，用舌头舔了舔，想确定那不是头发。果然不是头发，一嚼便知道那是什么东西了。

三个姐姐簇拥着，捂着我的眼睛，把我带到左龙右凤的衣柜上的大镜子前。

"睁开眼吧。"

我睁开眼，镜子里的四个人分别是大姐、二姐、姐姐，还有一个我不认识的人。他脸红得像墙上挂的财神像，上眼皮一个蓝一个绿，眼圈乌黑如碳。额头上点了樱桃大的红点。嘴唇鲜红，涂得不均匀，又厚又扭曲。玉米穗子铺在头顶，耳边还垂下一段。看到那个人鼻尖上的黑痣，我才认出那个人就是我。我瞪眼，镜子里的人也瞪眼，他丑陋得让我害怕。我张嘴巴，牙齿上粘着口红，如同碾出血的水蛭粘在上面。镜子里的人突然笑起来，身后三个姐姐已经笑得站不稳。

他笑了，没有哈哈大笑，嘴角轻扬，尽量不露出牙齿。

眼角被蝴蝶拉扯似的上翘，额头挤出三道深沟，眉间还有一条悬针纹。他尽量配合脸上这副妆容，发出尖细的笑声。歪着脖子，扭动圆滚滚的头，玉米穗还算稳固，没有散落。他试着抬起双手，十指弯曲翘着，小心翼翼放在腮边，尽量让手指不触碰到脸上的红粉。他进一步做动作，腰开始情不自禁地扭动。双腿也不像男孩那样站，女模特一样一前一后摆放。他的动作幅度越来越大，成了小花妖一般。他的笑声更加尖细，胖乎乎的小手变成一朵黑兰花。这是谁教他的，难道也是天性？他扭着，身后的姐姐们笑着。镜子里的人扭着，他看着也笑得止不住，镜子里的人也跟着笑。

姐姐喊了一声："二更比女孩还妩媚。"

话音刚落，镜子里的人动作停了下来，双手从腮边垂下。他的嘴角继续上扬，头上鸟窝一样的玉米穗也散落下来，有的挂在耳朵上，有的挂在睫毛上，就像经历了一场大雨，毁了他所有的妆。

姐姐们找到别的游戏，把我扔在房间里，到院子里玩去了。我又站在镜前盯了一会儿那个人，我们都没有说话。他和我是两个人，我始终这样认为。我长得并不是他那丑陋的样子，即便我承认他是我，我也感觉不到我的长相变成了那样。我不觉得疼也不觉得痒，更不能用眼睛不通过镜子看到自己此时的长相，我完全有理由承认那不是我。不过我承认，他确实很像女孩子。

再一次被时空雪藏，我离开镜子，同之前一样坐在窗边。

姐姐们扯着皮筋，在院子里跑来跑去。此时我是寂寞而静止的。除此之外，苍蝇和蝴蝶在飞，树叶在晃动，猪在哼叫，柴火堆也被母鸡踩得乱动起来。她们不再看着我笑，我看不到镜子里那个人，更加意识不到自己的样貌。姐姐们让我帮她们扯皮筋，当皮筋升到我举起手支撑时，我便又退了回来。房檐下，太阳晒得我感觉脸上涂了猪油一样难受。左擦一下，右抹一下，我的脸已经成了调色板。

傍晚，姐姐玩野了心，问我今晚要不要在舅舅家睡觉。还没等我点头，她就跑回家告诉父母我们晚上留宿大舅家。大舅和舅妈从田里回来，看见我的脸，把三个姐姐数落一顿，打水让我把脸洗干净。不管我怎样搓洗，她们用印泥当的腮红，像是渗透到肉里，怎么也洗不干净。

吃过晚饭，大舅抽着烟出门。家里只剩下三个姐姐和舅妈，姐姐们在屋里转来转去，舅妈倚着窗台织毛衣。夜幕降临，我已经开始犯困，其他人都没有要睡觉的打算。

大舅回来了，我开始不那么无聊。舅舅是个木头人，唯一的爱好就是看书，他有几大箱子武侠小说。听母亲说，就算在贫困的年代，大舅的工资作为家里的主要经济来源，他还是会私藏一些钱用来买书。

木头人大舅很少言语，尤其是看书的时候，偶尔的咳嗽声才会让人感觉到他的存在。

他看书，我也坐到他的身边，和他一起看书。我不识字，只看书里的插画，很快就把三本书的插画都看了一遍。我又开始无聊，大舅像是看穿了我的心思。

"你能看懂吗？"大舅问我。

我说我能看懂画。

"只看画不算看懂，要识字才行。"大舅说，"我读给你听。"

大舅的朗读并不流畅，有的字音因为受方言影响，听起来十分拗口。我努力听着，终究还是没听懂，只听懂一个男人舞剑，一个女人耍枪。

大舅的朗读像催眠曲一样，我耷拉着脑袋就要睡了，姐姐跑过来捏了一下我的脸。

"二更以后就是小女孩了。"她说。

其他人意会似的笑起来，只有我没笑，我不知道有什么好笑的。

舅舅把厚厚的武侠小说放在一旁："二更，我问你，你是男生还是女生？"

这个问题像是从天外飞来一把剑，没有扎在我的身上，是悬在我头上。这柄只有在舅舅的书中才能出现的青铜剑，真的飞到我面前。我不安地看着他们，想要寻求帮助，或者是稍稍的提示。

可他们只顾自己笑，没看到我脸上的表情，也没法透过残留的腮红看到我的神情正在向他们求救。

"对啊，二更，你是男生还是女生？"二姐催促道。

那一年我只有五岁，像一个被万物排斥的孤单生命。

　　我意识到问题的严峻性，迟迟没有张口回答。我根本不知道答案该是什么，这又算哪门子的问题。看着大舅他们期待的目光，我不忍心让他们因为得不到答案而失望。

　　"我和你三个姐姐是女生，你大舅是男生，你想想你该是男生还是女生？"一贯慈祥的舅妈给了我决定性的提示。

　　我看着他们几个人，想起下午镜子里的那个自己，我想我知道答案了。

　　"我是女生。"我说出这个自以为是正确的答案。

　　"胡说，你怎么是女生！再乱说，把你扔进猪圈和猪一起睡。"不知是听到大舅在喊它，还是饥饿，圈里的肥猪叫了一声。

　　此时，除了大舅，其他人都笑起来。尤其是三个姐姐，欢快地笑着，像一群小鸡在争夺地上的小米。

　　我修正说："我是男生，我是和大舅一样的男生。"我说的时候挺直了腰板。

　　"可我还是觉得我是女生。"说完这句话，天外飞来的剑直直插进我的心脏，将一张写着女生的符咒钉在我的性别上。

　　我的头挨了大舅狠狠的一巴掌。我开始大哭，谁来哄我也没用。我一直哭到舅妈把我送回家，还是不停地哭。母亲知道原委，把姐姐打了一顿。姐姐也开始哭，我一个人哭就足以让整个家不得安宁，现在又多了个姐姐。

　　父亲雷霆大怒，提着我的耳朵吼："你是男人，你是张家的男人，你是要给张家传宗接代的男人……"

关于性别的识别，我足足用了五年时间，并且以这种生硬的方式进入我的脑海，它始终没有完全融入我的观念，而是在我的人格上留下一条疤。

我还是生活在母亲身边，延续着母系氏族的传统。当我知道我是男生，便开始拒绝母亲在我身上不断安置的代表女性的行为和装饰。我不再跟母亲去女生浴池洗澡，避开姐姐们那些描眉画眼的游戏。尽管我对五颜六色的眉笔和眼影充满兴趣，却只是远远地看着，绝不靠近。还有拒绝因母亲怕我冷，围在我脖子上的围巾。

姐姐们再也不敢把我当作模特一样装扮，连扯皮筋这样的事也不用我帮忙。我还要反抗母亲这个女性的代表，做着她不允许我做的事，彰显我的男性血统。自认我的行为让我的男性血统可以纯洁地延续，可以得到男性的赞赏，而事实上，父亲对我行为的改变视而不见，我要同他一起去浴池洗澡，他不耐烦地把我推向母亲那里。母亲对我伤心透顶。每当这时，她会嘲笑道："你不是说以后不跟妈妈洗澡了吗？"我无言以对，作为男性的父亲并没有在我需要帮助的情况下挺身而出。男性的弱小和女性的强大，让我陷入败阵。我像坚硬的竹子，在摇摆中变得柔软，体现在人性上便是软弱。

我的软弱，像啤酒沫一样，它是啤酒这一实体的附属品。当父亲浑身酒气回到家，我的软弱会体现得更加明显。在他的眼皮下，我不敢有幅度大的动作，比如跑和跳，咳嗽也要紧紧捂住嘴，要假装睡着，憋着不能上厕所。我希望父亲醉酒回到家就立马睡觉，这样我可以在他的酒醉中少忍耐一会儿。

　　喝醉酒的父亲和清醒时完全是两个样子。他有时像败将，说丧气话，把他的人生说得一败涂地，把他的家庭贬得一文不值；有时变成不可一世的英雄，向我发号施令。他就算不那么大声吼叫我也听得到，即便他态度不那么强硬，我也会按照他的要求做。可他偏喜欢在声音上占尽风头，对我的反应并不在意。

　　"去把你妈叫过来。"他对我说。

　　我正准备动身，他又说："不用你妈了，你去给我倒杯水。"

　　我又准备动身，他又说："不用了，等会我自己去。"

　　过了一会，他自己去泡茶："去给我拿个杯子。"他泡茶竟然忘记拿杯子。

　　他说话的声音好像停留在云端，之后，又重重地砸在我的耳膜上。

　　家里有一个嗜酒如命的父亲已经够我和姐姐受得了，偏偏母亲也是个酒鬼。

　　母亲说，我还不足一岁的时候，她突然没了奶水。试过各种偏方都不好用。听说鸽子汤催奶，父亲就去邻村买了十几只鸽子，吃得母亲开始厌恶所有家禽的肉，却依旧没有奶水。我被迫在八九个月就断了奶，母亲为此很着急，怕影响我的发育。一个月后，母亲上火拔掉两颗牙。又过了一个月，在父亲的劝诱下，母亲开始借酒消愁。当然，更重要的原因是父亲不喜欢一个人喝酒，培养母亲做他的酒伴。

父亲与母亲喝酒的方式不同。父亲只在家里来客人，或是外出才会喝醉。母亲不一样，她每天都要喝。醉与不醉，要看她的心情和对方是不是亲近的人，如果是舅舅们来，她一定会喝醉为止。

我每天放学回来，放下书包的第一件事不是写作业，而是去给父母买酒。每天如此，风雨无阻。商店的人见我来，就会迎上来，问也不问，把包里的空酒瓶拿出来，再放进去相同数量的新酒瓶。我付过钱离开，整个过程不需要任何语言沟通。

2

别人形容我时，总是很自觉地将"黑黑""矮矮""瘦瘦"几个词串联起来说。至于这三个词语的先后顺序，全凭说话者的个人喜好。白净的姐姐会把"黑黑"放在首位；个子高的二舅会把"矮矮"放在前面；丰满美丽的婶子则先说"瘦瘦"。

就断奶事件而言，我并没有过多在意，或者说我不知道我的黑黑瘦瘦矮矮，与是否喝了足月的奶有什么关联。相反，母亲每当说到她的儿子八九个月就断奶，对她来说是人生的重大失误，也是对我最大的亏欠。我无法求证，如果我和其他孩子一样到一岁才断奶，我现在会不会变得白白胖胖高高。如果没有这种变化，母亲的内疚毫无意义。

尤其是当母亲醉酒之后，那些伤心的往事，总要在她的嘴里过一遍。如果能引起听者共鸣，她可能要说到连最忠实的听众也厌烦为止。我作为最忠实的听众，她总是在我面前提起那些事。当她说到对我的亏欠时，母亲并不像是在对我这个当事人说。她没有道歉，没有表示歉意的真诚，只是空洞地诉说，她是如何没了奶水，如何补救，最终失败。这本是一件需要我忘记的事，她不断诉说，似乎是要让我记住这件事。

母亲喝酒有很多习惯，比如她从不自己买酒，她觉得自己买很没面子。即便我不在家，她也会差遣姐姐和父亲去买酒。这样，她就可以把喝酒的责任推到别人身上："你看，我本来不要喝的，是你爸非买给我喝的。"她总这样说。还有她喝酒一定要有下酒菜，不管是花生瓜子，她一定要边吃边喝。

我的童年笼罩在酒的威胁之下。酒精并不能对我造成直接的伤害。可以直接加害于我的事物并不多，多是借助别的什么。毒药毒不死我，它只污染了我的血液，或者破坏我的器官；利刃也杀不死我，它割我的腕也罢，砍我的头也罢，它只撕裂了我器官的连续性。

酒精像魔鬼附着在父母身上，操纵着他们的身体和神经，对我施以暴力和伤害。父母喝醉后，没完没了地说着毫无意义的醉话，我都可以看到隐藏在他们身后那张殷红的醉脸。那张醉脸并没有醉，它只是醉的最原始形态。它笑着，让它身前的可怜人痛苦地回忆往事。即便没有往事可以回忆，也要让喝酒的人用眼泪，或者是污言秽语来洗清他们浸在酒精里的心灵和神经。

酒是魔鬼的液态，恶灵溶解在其中。我没办法反抗酒精，只能逃避。我会逃到大舅家，或者是让自己在外面流浪一段时间，猜想家里的酒精盛宴快要结束再回家。

　　春节的喜庆，注定带着另一种担忧——父母每到除夕之夜都会发生战争，始作俑者还是酒精。如果说平时父母会对饮酒有丁点顾忌，春节期间，他们可以放开一切，喝个烂醉。因为是春节，什么都要狂欢。平时不敢做的事，在这几天尽情做。平时做得不安心的事，春节也可以理直气壮地做。平时破旧的衣服都可以穿，春节那几天必须要穿新衣服。平时经常坐在一起喝酒的亲朋，在春节那几天依旧要聚到一起，像好多年没见一样，有着说不完的话。平时总做的事，在那几日被赋予特殊的意义。

　　除夕夜，父亲打了一天的麻将回家，照旧会被母亲数落。这无力的抱怨，在我和姐姐眼中已经习以为常。在我看来，父亲该对这些抱怨有所免疫，也不会妨碍他再去打麻将。即便不是春节，父亲晚归，母亲都会用同样的一套话迎他进门。有时父亲解释几句，或者一言不发，倒头便睡。偏偏春节那几天，父亲的脾气像老虎屁股一样摸不得。母亲一句话刚刚出口，父亲已火冒三丈。往往这个时候，两个人都处在被酒精控制的巅峰时刻。言语的攻击，已经无法宣泄酒精在他们体内所散发的热量。那是一种急需释放、灼人的热量。

　　酒精化成两个醉脸，躲在父亲和母亲背后，露出阴邪恐怖的笑脸。不要忘记，他们也需要春节，他们也需要狂欢，他们是数千年来祖宗们赶不走的年。

　　没骂上几句，父母开始拳脚相向。桌子掀翻了，门上的玻璃碎了，镜子可以把人照得四分五裂。

　　关于那段记忆，早已混乱不堪。尽管拳脚就在我面前上下翻飞，却不如电视机里的武打片那样记忆深刻。这是选择性遗忘，这是心理学上的废话。战争会在父母之间持续一段时间，会有间歇，再被一句话引爆。恢复平静之后，父母，或者是父母身后的醉脸也十分疲惫，安静下来。我和姐姐抱在一起低声哭泣，我们不觉得彼此可以依靠，只是本能地抱在一起。我们想大声哭救，可我们不能，这很可能会唤醒他们。

　　更恐怖的是，战争结束，母亲像会死去一般躺在地上一动不动，任我和姐姐怎么喊也没有回应。我们都以为母亲死了，哭得更厉害。而一旁的父亲，变了个人似的依旧骂个不停。在我看来，父亲本质是善良的，他绝不会希望有人死在他面前。可为什么面对母亲的那种状态，他丝毫没有动容，现在我明白了，愤怒的人被点燃后，是没有任何情感。他暴怒得像猛兽，分不清同类与异类，他希望烧掉身边所有妨碍他的事物。愤怒也勾起他很多平时所意识不到的苦难，比如他幼年丧父，扛起一个家庭；比如他梦想成为教师，却从事了完全不一样的行业；比如他打麻将输了几百块钱。借着怒火，他要将所有的不快掏出来燃烧，让怒火焚得更旺。宇宙在愤怒面前变得渺小，像一滴眼泪，掉落在地上，或者被衣袖碾碎。

　　记不得母亲是如何醒过来的。她醒来的时候，我和姐姐的脸上也不会出现母亲起死回生的喜悦，依旧是恐惧，仿佛等着的是战争的延续。

一夜的大雪。大年初一早上外面的积雪已经高过门槛。我和姐姐醒来，父母还在沉沉地睡着。抑或是没睡，但双眼紧闭。他们在用类似绝食静坐的方式，以示不满和怨恨。我叫了声母亲，确认母亲还活着，和姐姐穿好新年的衣服，出了房间。

打开家门，外面清凉冰冷的空气，瞬间打开我身上经过一番风雨、奄奄一息的感官。我和姐姐跑到雪地里，捧着雪扬向对方的身上，真是高兴坏了。再次回到屋中，酒精和呕吐物的气味让我一阵阵恶心。为了不打扰父母，我和姐姐从院子里装雪进屋里，在客厅和厨房里撒了很多雪——姐姐说雪可以吸干净屋里的臭气。

我和姐姐拿着铁锹，清理院子里厚厚的雪。从孩子的角度来讲，我并不想把雪扫干净，它实在是太美了，比冬日凄惨荒芜的院落美上百倍。姐姐说，为了让父母醒来高兴，还是把雪扫干净了好。真不明白，为什么要把雪扫干净才能让大人高兴。

正扫着，拜年的人陆陆续续来到家门前，我和姐姐隔着门给门外的亲戚们道了"过年好"。客人们看到院门没开，问为什么这么晚还不开门。姐姐说父母还没起来。客人像是意会了什么，点了点头。有的人会直接问父母昨晚是不是又吵架了，当然，他们会用一个笼统的方言问法："昨晚是不是又干仗了？"这里包括打架，包括吵架。姐姐眼圈红了，眼看着就要哭出来，点了点头。一股羞耻感油然而生，我狠狠踢了姐姐一脚，作为对她点头的报复。

叔叔得知父母因打架这么晚还没起来迎接拜年的客人，十分生气。这个时间还没敞开家门，在乡下已经算很晚，何况春节期间，人来人往，让拜年的人看到这种情形很丢人。

"杏子，"叔叔皱着眉叫姐姐，姐姐已经哭得两腮通红，"你们两个从墙爬出来，跟我走。"

"我们不能去，去了他们会生气。"姐姐说。

不管叔叔怎样劝说，姐姐都不答应去，也不允许我去。叔叔走后，看到再来拜年的人，我和姐姐都躲在屋里的窗户后面，看着他们来了又走。此时的我们，像动物园里每到冬天都会被圈在洞里的动物，看着院门外来来往往的游人。

直到中午，父母都没有起床的迹象。我和姐姐将饭菜热好，填饱肚子——那真是凄惨的午饭。每一道剩菜里都有父母洒在里面的酒，吃得我肠胃难受。我和姐姐吃过午饭，爬墙出了家，傍晚才敢回家。

当我们高兴地推开家门，看到的又是父母扭打在一起……

早就过了入学年纪，我比同龄的孩子晚两年入学。父母以长得矮小为由，将我滞留在家，那段时光真是漫长。一起玩的伙伴都上学了。他们早上上学，傍晚放学。我每天在家，百无聊赖，等着他们放学。渐渐地，我找不到他们，或许是他们抛弃了我。也可能是上学让他们有了某种魔力，让我这个没上学的人看不见他们，即便是他们背着书包，铁文具盒里的铅笔"刚啷刚啷"地响，他们的笑声就在我家门前飘过。无论我以多快的速度跑出去，他们的声音和身影都会消失不见。我只能看着墙上的老鼠洞暗自伤神。那时我还想，老鼠洞太简陋了，不像草根下的蚂蚁洞那样好看，真想用花草装饰一下。

父母没有注意到我的忧伤，他们没有意识到孩子需要伙伴，或者孩子的天性就是玩耍。他们把我关在家里，这看起来是整个世界最安全的爱。我既不会被伙伴欺负，也不会被利器钝物磕碰受伤。记忆中的冬日午后，电视机上播放着无聊的歌曲，在《祝你平安》《三百六十五个祝福》等歌声里，父亲的鼾声响起。我不想午睡，阳光透过窗户变得强烈，晒在身上十分惬意。我躺在母亲腿上，看她的双手高架着，两根银针来回穿梭。母亲正在织一件黄绿色毛衣，不时地将毛衣贴在我身上测量大小。我静静地看着母亲的手指，仿佛能听见两针碰撞发出的清脆响声。

我等待太阳偏西，月亮升起；月亮偏西，太阳升起。

轮到我上学了，可我又不愿意上学。我刚入学是小班，两年后才能升入一年级。乡下的小学设施破旧，小班和高年级并不在同一排房子里，在操场北边的二层小楼里。小楼灰黄色的墙面，在室外楼梯下面开了一个窄小的门，里面是宽敞阴暗的教室。这原本不是教学楼，是工厂的车间。后来被学校借来当教学楼用，楼上依旧是工厂办公的地方，只是二楼的门焊死了。

上学的第一天，能听到的只有哭声。孩子们死死抱着父母的大腿，尽管父母并没有打算走。他们害怕父母长翅膀飞走，学土行孙遁地。母亲拉着我的手，站在这群乱叫的鸭子中间和老师交谈。小班的女老师我见过，每当雨雪天气，她都会骑自行车从我家门前的大路回家。她和另一个女老师只顾着和家长们交谈，声音很大，要盖过孩子们的哭叫了。她既不准备安慰同学，也不打算上课，任由他们惊恐乱哭乱叫，稳操胜券。好像只要他们哭到失声就不再哭，眼泪流干也就没有眼泪淌出来，然后就可以乖乖上课。在这之前，任何安慰都起不到让他们平静下来的作用。总之，开学第一天，专门用来哭的。

　　"这个小同学倒是安静。"女老师有点龅牙，笑起来露出上齿的四五颗门牙，眼角挤出三条深深的皱纹。她三十多岁，眼睛又大又亮，和我平时看到的只顾着赶路的女人不太像，变得和蔼可亲。

　　"胆子小啊，"母亲说，"哭都不敢。"

　　"几岁了？"她问我。

　　"八岁。"我的声音浪花一般，被鸭子们的乱叫淹没。

　　"几岁？八岁？八岁才上学？"老师诧异地看着我，又看着母亲。

　　"长得太小，怕他受欺负，晚两年上学。"母亲说完竟叹了口气。

　　"确实长得不大，看不出来是八岁的孩子。"

　　老师说得很对，如果我不告诉她八岁，她一定认为我和其他孩子一样只有六岁，甚至五岁。我确实比其他孩子矮了一截，黑黑瘦瘦。

"胆子小没关系，以后谁欺负你，就告诉老师好不好？"她低着头对我说。

我点点头。

"真像个小女孩。"她不经意说出口，转身和另一个家长谈话了。

母亲见我不哭不闹，就对我说她要走了，中午放学再来接我。

我点点头。

母亲骑着自行车离开了。我站在昏暗的屋子里，其他孩子还在大哭不止。他们似乎也在急于让自己的眼泪流干，尽快停止哭喊。我无所事事坐在座位上，和这个环境格格不入。既然第一节课是"哭课"，为什么母亲不把不哭的我也带走？

一位父亲有点不耐烦，开始对孩子进行教育，说上学的时候是不能有家长坐在旁边的。男孩说他不要上学，要回家找妈妈。父亲说，在家里不是说得好好的吗？不是说很爱上学吗？孩子哭得脸上都是汗水，一个劲摇头。父亲见教育无果，高声训斥。

这才引来老师的关注，龅牙老师赶忙过来安慰这位父亲，让他不要对孩子说这样的话，老师开始安慰孩子。我觉得这个孩子很幸运，是老师第一个安慰的学生。他还是闭着眼睛哭，不看老师一眼。我由此记住了他的名字，王瑞祥。

老师摇了摇他的身体说："你看那个同学，他妈已经走了，他却没有哭。你要不要像他一样，做个男子汉？"

男孩睁开糊满泪水的眼睛看着我。就在此时，我也开始大哭，我听到老师说我的妈妈已经走了。

孩子们真的哭累了。有的不再哭，有的在母亲的怀里睡着了，双手死死握着母亲的衣领。只有我还站在那里，一动不动，闭着眼睛哭叫，额头出汗，浑身颤抖。不管是老师，还是别的家长来哄我都没用。其他孩子都看着我，我又变得格格不入。我确信，同学们将他们的泪水全都泼在了我的脑子里。

有的家长离开了，留下孩子们和新认识的伙伴玩得火热。有的家长只能将孩子先带回家教育，答应老师下午一定来上学。只有我，还站在那里哭，嗓子喊不出声音，发出蛇一般嘶嘶的吐气声。

老师没办法上课，同学都看着我。有的笑有的闹，好像他们刚才没有哭喊过一样。龅牙老师有点不耐烦，收敛了一贯的笑，警告我说："你再哭就把你送回家去！"

最后，老师将班级托付给另一个年轻老师，用自行车把我送回家。母亲在离开学校后去了集市，父亲送走了老师后，把我打了一顿。

午饭过后，父亲将我送到学校。他警告我，如果再被老师送回家，他就把我扔到猪圈里。

就这样，我开始了学生时代。从此，不管刮风下雨，父母都没有接送过我上学。姐姐那时已经升入初中，中学离家很远，她要骑自行车上学，有时会好心叫上我，把我顺路带到学校，可是去得太早，学校没开门，我只能蹲在门口等。

　　因为我总是第一个到，经常得到老师的表扬。我并不希望得到老师的表扬，这样会得到同学们的注意。万一他们知道我比他们大两岁，长得如此瘦小，我的校园生活一定会很难过。

　　班级里，我们村的只有我一个人，其他人都是邻村，有的人在集市上见过面，没有一起玩过。在这种情况下，我和同学们还可以和平共处，所谓的和平就是我不认识他们，他们也不理我。

　　我的年纪不知从哪里走漏了风声，王瑞祥知道我比他们大两岁的事。他和几个男生来到我的座位边，在他们走过来时，我就感到不安。我向来对不安这种感觉极其敏感，它根植在我内心。他们向我走来，脸上挂着异样的笑。我平时和他们没什么来往，他们的造访势必有所企图。

　　"听说你已经八岁了？"王瑞祥说。

　　我无奈地点了点头。

　　"你站起来一下。"他说。

　　我并不想站起来，可又坐不住，只能站起来。双手挂着矮小的课桌，稍稍弓着背。我怕万一挺得太直，会给他们以挑衅的信号，这是我所怕的。

　　"矮了这么多啊。"王忠涛说，"你像四岁，不然怎么会这么矮。"

　　"我早就说了，他根本不是八岁。还没有我高。"王瑞祥挺直腰板说。

　　"说实话，你到底几岁？"

　　"八岁。"我说。

　　他们在王瑞祥的领头下开始大笑："我问你，你几岁了？"王瑞祥问王忠涛。

　　"我今年十岁了。"王忠涛说完又是一阵大笑。

　　我抓起文具盒，对着王忠涛的头砸去，被他避开了。他们没有打我，将我课桌上和书包里的书摔了一地，撕烂了我的作业本。

　　傍晚放学，我被龅牙老师叫住。她让我等一会，等她收拾好东西顺路送我回家。我内心的不安再次蠢动，她送我回家并不是恩惠，而是遭难。我坐在老师的车后座，心里各种不安的猜想，老师为什么要走大路送我回家？

　　到了家门前，我下车，老师也把自行车停下来，进了我家。我快速跑到屋里，父亲迎了出来。他和老师在院子里谈了一会。老师从包里拿出我被撕烂的作业本，骑车走了。

　　父亲将撕碎的作业本摔在我脸上，训道："没出息的东西，竟然让比你小两岁的人欺负了，作业本都被人撕了。你为什么要和别人打架？你知不知道你们班同学的家长我多半都认识。幸好没把别人孩子打坏，要是有个好歹，以后让我怎么见他们？打不过别人就别逞能……以后你要再敢打架，我非打折你的腿！"

　　我以为父亲会打我一顿，却只给了我一顿温柔的辱骂。我像是期待甘霖的小树意外得到大雪一样如释重负。从那以后，我真的没有再打过架。

那晚父亲和母亲喝醉了酒，谈论起我在学校打架的事。母亲说我的性格随父亲，没本事爱逞能。父亲被母亲激怒，先是争吵，接着把以前的事情翻出来互相抱怨，而后拳脚相向。姐姐一边拉架一边诅咒我，抱怨这一切都是因我而起。夜晚乱作一团后恢复了宁静，父母睡着了。看他们睡着的表情，仿佛他们既感觉不到痛苦，也感觉不到快乐。酒精将他们送到另一个世界，一个没有气味、没有颜色、没有哭笑的世界。人们像白纸一样生活、死去、被烧成灰烬。循环着诞生和死去的过程，仿佛是谁的无聊游戏，开始便没法停止的漩涡。又或是开始这场游戏的个人已经死亡，后人只能眼看着它重复发生，无法改变什么。

老式挂钟当当地响了十二下，姐姐颤抖的哭声消失了。乡下的夜晚漆黑地罩在眼前，好像太阳从来不曾升起。不然怎么会一点阳光也没有遗漏在房檐下，或者墙外的树枝上呢？

正如我预想的那样，从那以后，我在班级里的生活就变得不太好过了。

高年级的学生占据着整个操场，我们小班加起来三十几人，只能在教室外面长着车轮草和野花的空地活动，还包括那个没人走的窄楼梯。

人类天生是划分等级的高手，他们的思维总是会有一条条规则，发现同类的不同，按照差异来划分等级。这种等级，通常是以位居最顶端的人制定的。在小班这样的幼小群体里面也有等级。总体来看，分为"楼梯级"和"草地级"。

楼梯级顾名思义，是占据着楼梯的人。楼梯级几乎都是男生，每个男生所站的台阶级数基本是固定的。遇到天气不好，或者是不想到草地上玩耍，男生们会站在台阶上聊天。台阶依次而上是等级高的，也就是爱惹事胆子大的那些人。台阶顶端通向二楼，是半张单人床大的空地。那里站着的有王瑞祥和其他几个人，除了王瑞祥，其他人是不固定的。不过多数是姓王的，班级里多半是王庄子弟，多多少少有些血缘关系。不是王庄的人，很少和王瑞祥走得很近，也很少有机会登上高地。王瑞祥站在那里，可以观望整个校园，也包括"草地级"。

草地级就是在草地上玩的人，包括所有的女生和个别男生。其中就有我一个，另一个是白仁。白仁是个病秧子，长得高瘦，个子不低于王瑞祥。因为病，他站在高处会眩晕恶心，就很少上台阶。除了去厕所，他都坐在座位上摆弄铅笔，很少出门。因此，草地级的男生只剩下我一个。女生们喜欢追来追去，发现一夜之间绽开的小花，就会折下来，插在头上。她们模仿电视剧《红楼梦》里的丫鬟小姐戴花时的神情，侧着头十分可爱。一旦发现花被别人故意戴歪，或是竖直着插在头顶，就会野蛮追逐和打闹。

我时常像白仁那样坐在教室里，他不愿与我为伍。我留在教室里时，他就会到室外走动。有时会仰着头和楼梯上的人谈话，显示他特殊的地位。仿佛在告诉别人，不是他不想上去，而是他有病。

楼梯级总是以欺负草地级为乐。操场边的高大杨树长出新芽，细嫩的叶芽会将杨树花顶掉，毛毛虫一样的花，根部有黏性。男生们会捡些"毛毛虫"放在兜里，站在台阶上向下撒，女生们被吓得大叫逃跑。王瑞祥以为我也害怕那东西，当我经过楼梯下面，把"毛毛虫"甩得我满头都是。我是不害怕那东西的，我也用这东西唬过女生。为了配合王瑞祥，不想砸他的场子，我装作害怕似的抖抖肩，把头上的"毛毛虫"弹到地上。我的举动惹来他们大笑。我成全了他们作恶的心态，成就了他们的英雄形象。他们却从没注意到我满眼鄙夷，他们笑得越厉害，我越觉得幼稚。

王瑞祥对我的欺负远不止这些，他会藏起我的文具盒和书本。他很喜欢看我慌慌张张找物品的样子。他坐在座位上，看我从发现文具盒不见，到找到的整个过程。他似乎是在偷看，但他的演技远不如我。他犯了一个大忌，他偷看我找东西时，脸上挂着嘲笑。他不是有意向我发难，每次都把东西藏在同一个地方。我会装作不知藏在哪里，到处乱找，最后才在同一个地方找到文具盒。每次我的演技都很成功，把他这个小毛贼衬托成世纪大盗。他满意地看完后，又会故技重施。这样做还有一个好处——他不会变着花样耍我。如果我每次都轻易找到文具盒，他会换地方藏。

不仅王瑞祥，其他楼梯级对我也都抱着耍弄的态度，在他们眼里我就是个傻子。我从来没有拆穿过他们的鬼把戏，他们想怎样捉弄我，早已被我看穿。我要做的就是配合他们，达到他们预期的效果，甚至超出预料。我想，成全一个人的愚蠢，何尝不是一种快乐。

蒙蒙细雨，女生们都没有到外面活动。男生们跑到雨水淋不到的台阶上玩耍。我在座位上无聊，看着女生翻绳。教室里点了灯，光线依旧昏暗，这屋子里的空气从来就没透明过。陈腐的霉味从角落散发，它比天气预报还准。教室里出现霉味，过不了多久准会下雨。

几个男生手叉腰进了教室，说找我有事。我跟他们走出教室，白仁也跟着走出教室。

"他们说我打不过你，你说，我能不能打过你？"李吉歪着脖子对我说，他是站在台阶最下面的男生。说话不是本地口音，身材矮小精瘦，比我高出一两厘米。

他瞪着我，浑身颤抖，等着我落荒而逃。

"你说，我能不能打过你？"他又问。

他明显没有底气。他站在台阶上已经比我高出一个头，还要踮着脚尖，这明显是不自信。

我不想说什么，准备回教室。他却不依不饶，一再追问，让别人挡住我的回路。

"你是打不过他吧。你打他，他不还手不就行了吗？"王瑞祥在最上面说。

李吉朝我的肩膀打了一拳，力气不大，或者他已经很使劲，但我没觉得疼，故意做了个趔趄。

"你们看，我打他他没还手。"李吉大声喊道。

"我宣布，咱们班最不厉害的不是李吉，是张二更。"王瑞祥说。

　　想到父亲打断腿的恐吓，我没有对李吉做出回应。我知道，做出回应，只能惹祸上身。我也没有将此事告诉老师，尽管她说过被欺负可以告诉她。而她能做的无非是告诉父亲，父亲能做的就是打我一顿。父亲打完我，等着我的，依旧是班级最不厉害的身份。这是丝毫不能改变的恶性循环，我唯有减少循环的次数，才能把伤害减到最低。那就是，直接从他们的欺负，到"班级最不厉害"这两者的转换。

　　在毫无信任可言的幼年，我能做的就是将所有不快和委屈独自吞下。父亲认可了我这个男性种族里的一分子，却没想过，我独立之前并不是一个个体，而是以某种形式附庸在他的身上，或者以他为主导的家庭里。我可以把这些不快和委屈告诉姐姐和妈妈，而她们会怎样做？说下次再这样就去学校找那些人。而事实上，下一次会永久地发生，这是个很可怕的事情。

3

长大后，姐姐们疏远了我。我不再是她们口中的好弟弟，变成跟屁虫、讨厌鬼。我再也不能乖乖做她们的玩具，也不允许她们在我的脸上乱涂乱画。她们指使我做的事，我会强硬拒绝。我像失去价值的布娃娃被她们抛弃，去哪里也不会被带着。有同学到家里玩，姐姐不愿意我在家，有我在她们不能放肆地玩耍。可我喜欢凑热闹，什么都不做，只在一边安静地看电视，听她们讲中学的奇闻逸事就够了。可这还是碍了姐姐的眼，她哄骗无效，开始对我打骂，让我滚出去。

她气急了，拽着我的胳膊把我扔到门外，将房门锁死。我被逐出家门，可还是会趴在窗户上，看着屋里她们欢快的场景。即便这样，姐姐还是会把窗帘拉上，我只能听到他们的笑声，似乎在嘲笑渴望得到关注的我。我开始怀念她们给我化妆，眉笔和海绵垫扫过我的脸上痒酥酥的感觉。我闭着眼睛期待她们的杰作，一个相貌完全不同的我。

寂寞的院子里，有两棵矮小的樱桃树。树冠茂盛，树干只有手臂一样粗，完全不成比例。到了季节，我每天都去看樱桃的长势，我期望樱桃一夜之间全部变红。院子里实在是无聊，屋里的笑声不断传出，显得更加孤寂。我该去谁家待一会，打发无聊的时间呢？这个问题时常困扰我，我思考着，把井边的半桶水灌进墙边的耗子洞里。半桶水全都倒进去，依旧不见水从洞中溢出来。这究竟是一个多么庞大的老鼠王国。会不会全村的老鼠洞都是相通的，我这半桶水不过是给它们洗涮阴沟。

我正在幻想着老鼠王国突降大雨，老鼠们该如何慌张。这时，阳光中钻出一只小蜘蛛。我将它接在掌心，一只喜蛛。报喜的蜘蛛不能打死。

这是阳光给我的指引，我知道该去哪里了。果然是喜蛛，会带来好事的喜蛛。

我在窗前狠狠敲了几下，朝姐姐做了个鬼脸，捧着喜蛛跑走了。

孙奶奶还是坐在儿子家屋后的乱石堆上。石堆上方是一棵枣树，不过枣不甜，没人吃。孙奶奶摸索着身边掉落的枣，装在口袋里。有人跟她搭话，她就塞几个干瘪的枣表示感谢，这是她度日的主要方式。

她是个半瞎的老太太，有严重的玻璃体混浊，眼睛看起来像青蓝色的玻璃球，还有几条裂缝。她能看清路，但看不清人的模样，只能凭声音来分辨人。她手里总有一根树根做的手杖，表面像被虫蛀了一样，布满疮洞，又像许多蚯蚓盘踞在上面。但手杖十分坚硬，可以把砖头敲断。

孙奶奶有两个儿子一个女儿。女儿嫁到外地，生活清贫，年纪轻轻就死了丈夫。女儿膝下无子女，一个人守寡生活。第一次见到她女儿是在孙爷爷的葬礼上。那时候还不知道孙奶奶有个女儿。葬礼上，如果是一般的乡邻，把黄纸送去就可以走了。孙奶奶是大舅妈的姑姑，沾了些亲故。尽管是浅薄的亲缘，父亲还是让我和母亲多待一会，好让村里人觉得我们懂人情世故。就算父亲不说，母亲也会多待一会。不管村里谁家有红白事，母亲都会去，一直到仪式结束。尤其是葬礼，母亲在这时候从不控制眼泪，也不会硬挤。她看到别人哭得悲痛，不知心中思念起什么，也会跟着哭一段。

傍晚，一声尖叫让每个人的心都提到了嗓子眼。尖叫过后，接着是号啕大哭。大家把目光集中到声源，是孙爷爷的女儿回来了。一个四十几岁，看起来像六十多岁的女人。她的门牙没了，哭嚎的时候嘴唇漏风，喊的什么也听不清楚。她一进院门就双膝跪地，爬到几米以外的灵堂。眼泪和口水汇聚在嘴角，没有一个人过去扶她。周围很多妇女，不是不想去扶她，尽情宣泄是对她，也是对孙爷爷的尊重。

她趴在棺材上哭了一阵子，才有人上前去扶她。这个苍老的女人已经没有什么力气挣扎，瘫倒在别人身上，身体不断抽搐。

儿子把家产瓜分，轮流赡养孙奶奶。那个时候孙奶奶的眼睛还没瞎，走路也不用拄拐杖，说话也不糊涂。人们把她当正常老太太看，看到她也会问候她一句，喊她一声孙奶奶好。

孙爷爷去世不久，女儿也在村里租下一间破房子住下来。女儿十分孝顺，让两个弟弟把孙奶奶送到她家里照顾，每个月给她一点生活费即可。两个儿子不光给生活费，还给了几亩地，孙奶奶在女儿的家里享了几年福。孙奶奶那时很胖，女儿把她养得像孩子一样，每天半斤牛奶，专挑孙奶奶喜欢吃的饭菜做。

后来村里人介绍，给孙奶奶的女儿找丈夫。女儿答应孙奶奶，一定会把她接去一起住。谁知，一别就成了永别。

女儿嫁的那户人家有个儿子，是个流氓刺头，他母亲就是被他气死的。户主是个懦弱的庄稼人，只会种地，连句明白话也不会说。孙奶奶的女儿嫁过去，受到百般凌辱。女婿骗光了孙奶奶女儿所有钱财，她一气之下喝农药死了。

女儿自杀死了，这对孙奶奶是致命打击。从此以后，孙奶奶就变成了不再受人尊重的老太太，疯疯癫癫，神神秘秘。她在屋后的乱石堆上一坐就能坐上一整天，有时候实在无聊，就用手杖敲大石头，很有节奏，声音可以传到很远。儿子不来叫她回家睡觉，她连天黑也不知道回家。

起初，人们出于礼貌，又不想和她打招呼，见了她就把脸转过去走路。后来知道她已经瞎得分不清谁是谁，人们就大摇大摆地从她身边走过，只喘气不说话，她便分不出是谁。

孙奶奶喜欢我，我是村里面唯一和她打招呼的人。她双手拄着手杖坐在石头上，像个破落武士。我喊她一声"孙奶奶好"。她会笑着回我："是老张家的二更吗？"

我说是。

她说："二更懂事，我一个瞎老太太，人人嫌弃，只有你不嫌弃。好孩子，好孩子……"

如果有事，我就会走开；如果没事，我会坐在石头上陪她说说话，摘些枣。有时我把樱桃枝折下来给她，让她自己摘着吃。我提醒她不要把毛毛虫吃进嘴里，她笑着说："我瞎老太太就是傻死了，也不会把毛毛虫吃进肚子里。"有一次我亲眼看到，她把樱桃枝上缩成团的青虫吃了。

我手里攥着喜蛛去找孙奶奶。按日子算来，孙奶奶应该在二儿子家才对。远远地看见孙奶奶坐在二儿子家屋后，侧着头靠在墙上晒太阳。我走近才发现，她睡着了。

孙奶奶穿了一件藏蓝色的革命装，头发花白又脏又乱，已经很长时间没有洗过。指甲很长，里面是黑糊糊的泥垢。她双手握着手杖，以防身子向前倾倒。

孙奶奶需要喜蛛，说喜蛛可以治她的眼睛。

那次我路过她家门前，照例和她打了个招呼。她叫住我，让我帮她个忙。她告诉我，她从收音机里听说，喜蛛可以治疗瞎眼。她连人都看不清，更看不见喜蛛。想让我帮她捉些喜蛛，给她治眼睛。

"二更，你害怕蜘蛛吗？"孙奶奶问我。

"咬人的蜘蛛我害怕，喜蛛我不害怕。"

"胆子真大，奶奶要的是喜蛛，咬人的蜘蛛不能治病。咬人的蜘蛛有毒，会毒死人，你看到要躲得远远的。"

村子里常出现的有三种蜘蛛。个头很大的灰黑色蜘蛛，浑身毛茸茸，最大的跟枣差不多。它可以织直径一米的大网。通常在房檐下和电视天线上，不会妨碍人们的生活，夏天可以捕捉蚊蝇。没人用手抓过它，也就不知道它是否咬人。每到傍晚，天空变成深蓝色，蝙蝠在房顶高的地方盘旋。蜘蛛网镶嵌在深蓝的夜空下，大蜘蛛趴在网上，弹奏一样晃动着巨大的网。若是有飞蛾扑上去，它会迅速从网的一端爬到另一端，将飞蛾一击毙命。

第二种蜘蛛是咬人的，它长得十分漂亮，身上布满花纹。大多是黄黑绿红四色相间，每个蜘蛛花纹各异。它的头上长着一对大钳子，十分威武。大人经常警告我们不要去碰它，说它咬人有毒，会死人。尽管没听说谁被它毒死过，孩子们还是不敢用生命去冒险。

第三种蜘蛛就是喜蛛了，它个头小，无毒，喜欢在室内，孩子们经常捉来玩。尤其是母喜蛛快要孵化出小蜘蛛时，它圆滚滚的肚皮就会变成一层干瘪的薄皮。轻轻捅开，里面会挤出一团密密麻麻的小蜘蛛。

第一次去给孙奶奶捉蜘蛛，我捉了满满一个药瓶。这些蜘蛛都是我在杂物的偏房里找到的。那屋子的天棚上，通常有很多蜘蛛网，都是喜蛛，捉起来并不费力。只要用一个木棍在蛛网上搅动几下，就能把蜘蛛缠在木棍上。孙奶奶十分高兴，她把蜘蛛倒进水盆里面全都淹死，再倒出来晾晒。等蜘蛛晒成干，摸索着收拾到手里，用热水吞服。

我正坐在孙奶奶身边昏昏欲睡，她醒了过来，感觉到身边坐了一个人，"是二更吗？"她问道。

我应了一声，说明了来意。

"蜘蛛吗？"孙奶奶向我这里转了转头，"拿来我看看。"

我将蜘蛛递给她，她一口吞进肚子。我惊叫起来，她反过来安抚我说，"二更，你还是个孩子。等你万般无奈，就会试遍一切可行的办法。"回想起孙奶奶，我想起卢梭的话，大意就是，为了"保全自己的生命""有权冒自己的生命危险"。

她的牙齿全都掉光了，嘴巴干瘪着扭动。看她嚼得津津有味，我险些吐出来。

"老天爷连这个世界的最后一眼也不想让我看见了。"孙奶奶仰头说，"不看也罢，不看也罢……"

我看她皱纹纵横、黝黑的那张脸，感觉这世上除了我，没有人怜悯她。我快速爬到树上，摘了几颗新鲜的枣，供奉一样放在孙奶奶面前。

"是枣吗？"

"是。"

"留着二更吃，奶奶咬不动了。"

"我咬开给你吃。"

"二更孝顺，奶奶不吃。吃不出味道了。"

枣放在孙奶奶能摸得到的石头上，我就走了。

不出一个月，孙奶奶死了，睁着眼睛。听说眼球变成了棕黑色。我放学回来的路上，看到她大儿子家院子里搭起了灵棚。村里人说，她死得一点罪都没受，在睡梦中死去了，连喊都没喊一声。不知道是什么时候死的，儿子早上去送饭，中午回来看饭菜一口未动，孙奶奶仍旧躺在被子里。

她为了治好眼，再看一眼花花草草，竟活吞了蜘蛛。这件事恐怕只有我知道，因此我对孙奶奶的死抱有强烈的遗憾。无数个无聊的午后，她都会陪着我。听她讲讲故事，或者问我一些她看不到的东西。她问我：月季花开了吗？山绿了吗？雪下得多厚？某家的新媳妇漂亮吗？那家生的孩子像谁？我回答她，感觉到自己的存在，和我作为一个实物的价值。为孙奶奶带来一些信息便利，这让我很高兴。

孙奶奶的死是她早已预见的，在她的掌控之中。她选择在这个时候死去，也是有原因的。阎王爷早就宣告了她死亡的消息，她尽可能地拖延着死期。为了再看一眼世界，她试过所有偏方，吃蜘蛛只是最普通的。当她无论怎样都不能治好眼睛时，绝望使她吞下活蜘蛛。最终抱憾死去，这是我对她安静地死的理解。至于为了子孙后代，那是健康人的想法。

同辈的人谈起同辈的人过世，就会说这人"交代了"。仔细品读这个代替"死"的词，真是别有意味。活着的时候，有很多事情要做，有很多事情要交代。死去的时候，这最后一次交代，是交代给了谁？孙奶奶没有交代子女该怎样举办葬礼，可葬礼还是办得十分隆重。我把"最后一次交代"，当成是对自己的交代。交代了，也就死去了。

老伙伴孙奶奶的去世，让我的生活变得更加无聊。从那以后，我被姐姐赶出家门，就无处可去。我连院子也懒得出，空旷的街道，偶尔几个路人，都提不起我的兴趣。

又不得不说学校的事，我的童年并不像画中那样丰富多彩。

我衣服的颜色不像其他孩子那样总是布满图案，色彩斑斓，我的衣服颜色单调。母亲给我买衣服，总是带着美好的愿望。她希望我快点长高，腿变长，肩膀变宽。在她看来，我很可能一夜之间变成小巨人。她给我买衣服和裤子，总是故意买大一个号码，为了我长大一些也能穿。可我总让母亲失望，衣服裤子穿到破，还是和刚买的时候一样肥大。

尺码不合适，我穿着新衣服也像是捡别人穿剩的。总有人嘲笑我，问我是不是穿姐姐的旧衣服，还要我把姐姐的裙子也穿出来。

学校照集体照是我最犯愁的时候。别人穿着得体漂亮的衣服，只有我穿着老年人一样颜色暗沉、又肥又大、很不整洁的衣服。看到电视里古代女人裹胸得到启示，我想到一个让自己变得精神的办法，就是在照相的时候，衣袖缠在胳膊上，衣服围着腰部向身后拉扯。手背在身后，将衣裤肥大的部分抓在一起，这样衣裤就不那么显大了。每当照片洗出来，同学们还是会嘲笑我，说我鼓着肚子，手背在身后，一副土老板进城的模样。比起这种嘲笑，总比被说像乞丐好多了。

　　王瑞祥也会拿我的穿着说事，说像穷山沟里破破烂烂的老头儿。我解释说这是我新买的衣服，他说这是从老头儿那里买的旧衣服。我向母亲抗议，她却不在意这些。说这是怕我长高后没有衣服穿。母亲是固执的，固执地相信我会很快发育，像竹笋一样快速长高。买回我不愿穿的衣服，她也不好言相劝，把衣服扔给我说："爱穿不穿。"

　　亲戚的婚礼前几天，母亲给我买了一件天蓝色上衣，胸前是一只兔八哥，尺码正合我身。母亲看出我很高兴，对我说："这可不是我想买的，只剩下这一件了。"

　　母亲为了这个婚礼着实做了一番准备，对于她来说，婚礼很重要。在婚礼上，她可能见到多年没见的亲人，有的是她和父亲结了婚之后再无来往的远亲。母亲的每一个变化，都可能会成为她们今后再一次见面，这漫长岁月里的谈资。母亲描眉画眼，找出很久不用的口红。口红被姐姐糟蹋得像老鼠啃过。母亲没有恼怒，用刀片重新切出一个斜面，对着镜子张着嘴巴画起来。母亲常年喝酒，脸上累积了很多红血丝，这是母亲的家族遗传。

　　出席正式场合，母亲总是带我不带姐姐，对此姐姐丝毫不介意。她不愿意参加这样的仪式，她会帮着我梳洗穿衣，希望母亲早早把我带走，这样她就可以带着伙伴来玩。

　　在婚礼上，母亲会这样介绍我："这是我的儿子。我还有个女儿，女儿是老大，已经十五了。"

　　人们会放着眼前的我不谈，谈论起素未谋面的姐姐。是姐姐的神秘吸引了他们。我相信姐姐会感受到这种神秘滋味，比起抛头露面的我，她是养尊处优的慈禧太后，垂帘受拜。

那次婚礼上，我重新认识了一位同学，胡秀彦。

直到那天我才知道，她不仅是我的同学，还和我沾了亲戚。连母亲也不知道，她喊胡秀彦的姥姥作阿姨。具体的亲缘我搞不清楚，但这份突如其来的亲情，让我很高兴。大人们自作多情，撮合我与她到一边玩耍。平时看起来开朗的她，躲在她母亲身后不肯靠近我。我知道她不是害羞或者害怕，她的眼神对我满是厌恶，像圣洁的母狮看到鬣狗。

我们坐在一张桌子共餐，彼此没说一句话。她整顿饭都是不高兴的样子，和在学校的大姐大模样完全不同。我将她这样的表现，当成是在长辈面前故作矜持。但我知道这并不是矜持，是极度厌恶导致的无可奈何。我想和她和平相处，把别人给我的喜糖塞给她，她握在手里却不看我一眼。

我开始反观自己——为何要极力向她讨好？或是出于心虚，不管怎么说，绝不是出于喜爱。答案是我想要亲近一位同学，或是可以亲近的同龄人。亲人这个线索，让我看到可以亲近的希望。她难以亲近，但我愿意一试。

胡秀彦长着一张男孩子的粗犷面貌。眉毛粗横，颧骨高，两腮如刀剜过般深深凹陷，下巴有明显的棱角。她的皮肤比我稍微黑一些，是健康的肤色，散发着光亮。她总是挂着两条鼻涕，从不擦干，也不多流，饰物一般粘在人中两侧，作为一种标识——别的女生不会让他人看到她们流鼻涕。她比我高七八公分，齐耳短发，背影就是个男生。她和男生一样打闹，像李吉这样的完全不是她的对手。

她是唯一敢跑到台阶上面的女生。这挑战了王瑞祥的权威，但他不这样想。他很有魄力，接受了胡秀彦，把她当成朋友，而非敌人。这样既避免与胡秀彦冲突，也避免了万一惨败的不良后果。他保存面子的借口是："这是我的朋友，可以随便行走。"他知道，胡秀彦并不想僭越他的地位，不过是某种人性的冲动，偶尔上来走一走罢了。

婚礼过后，对于胡秀彦，我没有四处宣扬她是我亲戚。她也和以前一样，没把我放在眼里，不会多看我一眼。我希望得到她的关注，可以对她微笑，表示友好，或是跟她聊聊共同熟知的亲戚。我比她大一些，我觉得她也不必叫我哥哥，反倒生疏。

这一切只存在于我的想象之中，有些悲伤，感到无能为力。她根本没有正眼看过我，何来亲近一说。

我学习成绩不好。尽管我从来不惹是生非，拥有一切好学生的特质，唯独没有好学生那样优异的考试分数。每次成绩单发下来，我都会怀疑是王瑞祥的恶作剧，他总是排在我前面几名。我对他畏而远之，对他的一切行为举止抱有鄙视。他不配拥有比我好的学习成绩，可我不能控制考试的名次。比起成绩不好这样单纯的忧虑，我更烦恼的是他像癞蛤蟆一样趴在我前面乱叫，炫耀他的好成绩。

"张二更笨死了，我不学习也考得比他高，难怪他上学晚。脑子不够用。"

我恨死王瑞祥了。我不恨他的恶作剧，只恨他成绩总是压在我头上。

一次小考，让我发现了他成绩好的秘密。

我看到他正在抄袭一个好学生的数学卷子。发现了这个秘密，我再无心答卷，只希望老师可以时时刻刻站在王瑞祥身边，让他无法作弊。龅牙老师和另外一位老师在门口说话，不把目光放在我们身上。

气愤与兴奋让我手心出了许多汗，身体里像是有猛兽在顶撞。撞得越凶猛，我就越混乱。

"王瑞祥在抄袭。"猛兽被释放出来，我大喊。

包括王瑞祥在内，所有同学，都如受惊的鸭子一样看着我。

老师从王瑞祥那里发现两张卷纸，证明他确实抄袭。我永远忘不了王瑞祥仇恨的目光，那目光就足以杀死我。他和好学生两个人被带走了，我也无法答卷，眼神在卷纸上飘移，无法稳定。我几乎可以想象出，不久后我的下场。

我会被王瑞祥打死。

这成了最好的打算。打死，或是一枪毙命那样的死。

或者像这样：

"你小子活腻了是吗？"

"你抄袭本来就不对。"这会成为我反抗的第一句回话。

"还敢嘴硬。"说完，他开始打我，他带的那些人也开始打我。

我开始在无数金枪鱼一样的拳脚中游泳，我与金枪鱼互相碰撞。尽管我看起来比它们的个头大很多，却只能是它们伤害我，我不能伤害它们分毫。它们是历经风浪磨炼出来的，有坚硬的皮肉。我只是痛觉神经敏感的巨大水蛭，我没有盔甲的保护，无法使用必杀的吸盘吸附到灵活而光滑的表皮上。我们共同生活在大海，巨浪掀起我们开始互相碰撞。它们借助风浪，不必耗费体力就可以撞击我。而我无法自控，不躲避，也不迎战，只在风浪中剧烈摇晃、翻滚，被动地迎接着一群金枪鱼的冲撞。我能发出几声呼喊或呻吟，就已经战胜了自己。

风浪会停止，是主动停止，不受任何外力控制。看到可以控制风浪的船只路过，我没有呼救。没人会救我，就像没人会无聊到将河里的落叶拾起，挂到树枝上。我享受着片刻安宁。剧烈的疼痛在对我诉说着什么。我不能理解疼痛发出的言语，这也是我和疼痛相逢就要战斗的原因。现在，我不想再与它战斗，我听着它"铮铮"地抱怨，不再还口。它的抱怨，代替了我对生命最后的告别。

又一次暴风袭来，巨浪将我拍碎。金枪鱼将我分食，我可悲的生命也会结束。

我早就对厄运做好准备，像老和尚坐在佛堂闭目念经，等着强盗们闯入。

放学后，我如往常一样独自回家。我早注意到身后跟着几个鬼鬼祟祟的人，他们的家在我家反方向。我装作没发现他们，不紧不慢地走，演技一如既往的高超。我会加一段戏——摘下路边的草茎，衔在嘴里。草汁甜丝丝，我迎着微风发笑。

他们以为我没发现他们，我不但发现了，还发现了他们的愚蠢，这让我自满，有些高兴。

前面的田地里跑出几个人——好一个前后夹击，他们以为我会逃跑。我装出几分慌张，吐掉嘴里已经嚼烂了的草茎，并没逃跑。

与我想的不一样，他们没有与我对话，我没有反抗的机会。我不甘心，人在临死前，总希望可以达成一个小小的心愿。无论是作为遗嘱，还是安排后事，都希望可以交代一下。

他们踢打着不知疲惫，还会骂，啐口水，不知为什么还会笑。一群孩子，力气没有我想象的那么大。可我也是个孩子，能承受的力道不如那只巨大的水蛭。

"别打了。"

我听到胡秀彦的声音。

"再打就死了。"

真的是胡秀彦，她鱼叉般将我身边的金枪鱼轰走。

我被女生救了，这是我尚未死亡的脑海里冒出的第一个气泡。之后，无数的气泡冒出来：她是我的同学、亲戚，比我高，比我强壮，比我能打，比我胆子大……比我更男人。干脆借这个机会死了算了。这是最后一个气泡，被胡秀彦的吼声震碎了。

"起来。"她抓住书包，将我提起来。

我身边的那些金枪鱼已经走远了。他们跑得欢快，踢着路边的石子。他们把石子踢到天上，成为庆祝胜利的烟花。

"踢死你你也不还手吗？"她问我，像个男生。

"躺在地上怎样还手？"我无耻狡辩，像个女生。

"你不会用脚乱踢吗？"

"他们把我脚踩住了。"我现在像是在用脚乱踢救命恩人。

"你真是没救了。"她说。无奈的表情让她变得有些可爱。

"回家别告诉你妈，不然你还得挨打。"

"我知道。"

"别跟别人说我们是亲戚。不要再惹王瑞祥。我可不会每天放学都跟在你后面。"

我从她的话里读出了她对我的误解。我并非有意惹他，也不是为了正义，只希望能有一次公正竞争的机会——凭实力考过他。

"为什么等到他们把我打得半死你才来？"我将闪念说出来。

她眼神瞬间慌乱，温柔和无奈的表情变得僵硬，目光如同赶进水里的鸭子般四散。

她没有回答我，让我赶紧回家，然后跑开了。

看着她的背影，此刻不是身上的疼痛让我流泪。我想到那双躲在暗处的眼睛，看着我被打得狼狈。我这只无脊椎动物，被扯得四分五裂、无法呼吸，窒息着憋红了脸腮。我看起来丑陋不堪，毫无尊严。丑陋不堪的东西，人们都希望他消失。"让他去死"，人们对这句话，总会显示出高修养的收敛。可一旦丑陋的东西出现，说一百次也不为过。

想到胡秀彦澄清的眼睛里，看着我被打时刺激带来的喜悦，和嘲讽带来的优越感。我的眼泪流出来。随之，亲人的气泡碎了，多了一个厌恶的气泡。别人对我的看法，我会一一解读后保存在记忆里。姐姐时而喜欢，时而愚弄；母亲时而关爱，时而忽视；父亲时而厌恶，时而可怜。王瑞祥的鄙视，同学伙伴们的无视，同村人的嘲弄，亲人们的怜爱，以及胡秀彦被我活捉到的厌恶和伪善。我的感官某种程度上是不灵敏的，与听觉和视觉比起来，情感体验才是神经的主旋律。我的痛觉在某种程度上也很迟缓，无法保护我的身体，这也是我被打不还手的原因。

痛觉，不仅迟缓，并且隐忍。

4

五年级的时候，父母进城经商，我随父母从乡下搬到城里。

所谓的城市，不过是赋予了城市的名字和行政权力，看上去像一座城。高楼、汽车、柏油路、商店，除此之外，它的沙尘和卫生环境比乡下还差。街边胡同口，随处可见的都是垃圾。没有泥土道路，可旋风或是汽车经过带起的沙粒，像是整整卷起一块地皮。

山城离乡下不远，或许是父亲的本意。他始终心系乡下，这不代表他喜欢乡下的生活，只是出于一种习惯，挂念着乡下的一切。就像他身体需要酒精，脑子也要时常回忆起乡下的事。回忆是为了找到事情发生时错过的细节。

小城镇不大，一应俱全，为市民提供各种便利。它是一座鲜活的城市，但在山城，开了十年的店铺，就有资格挂上地方老字号的招牌。就现代化的消费商场的数量来讲，山城只是穿着普通，毫无个性的青年女人。她梳着长马尾，穿着土黄色的西装，断了跟的扁头黑色高跟鞋。她戴着有色眼镜，却没读过一本文字庄重的书。

家从院落变成楼房，旧楼房的年纪和父母差不多，红砖外露，会在雨前、雨中和雨后呈现出不同的颜色。楼下是一排板房，一条两人并排通过的小路。父母一个房间，我和姐姐一个房间，客厅厨房卫生间都是独立的，只是十分狭窄。

新的居住环境给家里带来了新气象。家里的气味不再是柴火焚烧的烟熏味。旧房子新装修，墙壁散发着白石灰的气味。我和姐姐各一张单人床，形式上的分割让我们都十分高兴，我们有了属于自己梦境的床。开始我不习惯一个人睡，时常跳到姐姐床上睡。姐姐若对我友好，会把被分给我一半。如果她心头不爽，会把被缠在身上，背对着我。尽管如此，我还是喜欢靠着姐姐睡。我知道，我再也不可能和母亲睡进一个被窝里了。

唯一没有改变的，是酒在家中的地位。它像柴米油盐一样，成为必不可少的小神。我喜欢用"神仙"来称呼生活必需品。没人供奉，它们被装在瓶瓶罐罐里，神像一般放置着。从小神那里，家人得到实实在在味觉上的庇护。

母亲把装米装面的袋子放在电视机旁，紧挨着米面的是堆成山的酒瓶子。它们成为我家标志性的物件，像盆栽，像艺术家家里废弃的艺术品。它们是一个整体，象征着另一个整体。

对于那些小神——绿的、白的、透明的酒瓶子，堆积起来像坟墓。坟墓本身就很无聊，又把它堆在很显眼的地方，父母的心理我始终没有猜透。只有酒瓶子堆到一碰就会倒塌的地步，父亲才会扔掉它们。

父亲总是有很多应酬，不在家与我们一起吃晚餐。母亲会喝酒，没有父亲也照喝不误。他们分开喝酒是朝两个方向延伸，父亲满身酒气回来时，它们将会相遇。如果不是猛烈撞击，就会相安无事地连成一条线。万一一条线颤抖，两条线无法合并，酒这个魔鬼就会苏醒，开始它牵线木偶的游戏。

楼房空间狭小，父母每次争吵，都会将空气灌进一个个看不见的气球里。气球数量逐渐增多，塞满卧室、客厅、厨房、卫生间，连马桶里也是酒气十足的气球。我和姐姐除了多一分恐惧和伤心外，还多了无处可逃的悲哀。在乡村的广阔天地，再大声的咒骂和喊叫都会被田和山吞噬，我们跑到外面或是大舅家躲避也可以。

他们争吵、摔打，光是听着这些声音就足够惊心动魄。

姐姐离开家到外地去读书，要寄宿在学校，家中只剩下我。尽管还有父母，可我常觉得只剩下我一个人。

我也换了新环境读书，新班级，新同学，新老师。教室明亮，一人一套桌椅，也比乡下高级很多。对于新环境，我并不抵触，还是独自学习，无人玩耍。相比王瑞祥的干扰和对某人的憎恨，现在的生活反让我舒畅很多。

对于乡下来的黑黝黝的泥孩子，同学们都没有把我放在眼里。他们是蒸笼里的白面馒头，对从地上捡起来放进蒸笼里的黑面馒头，会抱有怎样的想法呢？我完全可以理解。他们无视我，我对此心怀感激。这种成全和隐蔽，使我能安心地生活，安静地看着窗外的垂柳随风摆动。如果全世界都无视我的存在，我将是这个世上最安全的人。

他们不会主动同我说话，只有在必要的场合，才会同我说话。

比如，他们会说："你往前站一点，挡到我视线了。"

我向前移了一步后，不再挡住他的视线，我便就此消失。

或者是小组长收作业的时候："老师，张二更的作业没写完。"

他不会为我考虑到这一点。但他总为别的同学想得很周到："你快抄，抄一点算一点嘛。"他一边说，一边夺走我空白的作业本。同时，将我的不幸转告老师。

五年级快要结束的时候，我们从旧教学楼搬进新教学楼。我不愿意搬过去，我习惯了旧教学楼的阴暗。教室窗外是树冠密不透风的柳树。我稍微歪着头，就能看到绿色的柳树叶。我看到的树枝与其他人看到的不同，在乡下看到的柳树，也是别人不曾见过的。我会抓住每一个容我浮想联翩的机会，柳树是承载幻影的实体。新教室在五楼，哪有柳树会长到五楼那么高。

我不愿意搬进新楼的第二个原因，是新教学楼的墙面很白，显得我的皮肤更加土黑。

我的成绩在班级的尾巴上来回甩动，而我紧紧咬住这个尾巴。所有人都希望把我甩掉，他们不要尾巴也要把我甩掉。

　　为了我不再做尾巴，父亲包好红包送给老师。老师拒绝了，说她也无能为力。这对于在职教师来说是很有挑战、也很危险的回答。之后，父亲打我、骂我，把我像铜丝一样拧来拧去。当他还想把我怎么样的时候，才发现他也无能为力。他喝酒，重复同样的行径，再一次陷入束手无策、愤怒的状态。

　　父亲是个胆小阴郁的男人，他对于我的态度是绝无仅有的。他对姐姐和母亲的态度，也是独一份。除了我们三人以外的其他人，又是另一副模样。那时，他是慈祥的亲属，慷慨的商人，极好相处的陌生人。

　　搬到山城以后，他不允许我和姐姐在家里大声吵闹，走路也不要发出声响，以免影响邻居。他表现出来的修养，在于限制我们的活泼天性。在他身上，这种修养是不成立的。他喝了酒就要大喊大叫，要骂人也是应该的。这时候，邻居是不必要休息的，或者说邻居不应该休息。

　　父亲的性格，导致他对生活的理解变得狭隘。赚钱与喝酒，是除了维持他生命延续以外的全部生活。他灰头土脸地回到家，不想换上干净舒适的睡衣，或是洗了手再吃饭。原因是他太累了，这些烦琐无用的事可以省略，不妨事。他不能理解，换睡衣这种事也应该算在生活中吗？他很奇怪，这怎么能算作生活的一部分，这有什么意义？他太累了，从来不洗自己的脏袜子；他太累了，他睡觉之前不必拉窗帘。我和母亲要计划明天晚饭的食谱，他会反问：“这种事值得花时间研究吗？”

　　进城以后，父亲被失眠困扰。他每天夜里会在十二点左右咳嗽几声，像是在告诉谁，他没有睡着。

　　我在不断适应当中度过了小学时代，升入中学。如果问我在城里的小学留下了什么印象深刻的事，大概只有几件。一次体育课，不知为了什么事，我惹恼了班上的"数学大王"：一个身高跟我差不多高，胖胖的，有点龅牙，一笑会露出牙龈的男生。他可能想打我，不知为什么没打。他鼻子几乎快贴到我的鼻子上，手指戳着我的脸，咬牙切齿地说："你……给……我……等……着！"这是个没有前因后果的记忆，保留了下来。我经常不完成作业，老师拽着我的红领巾当着全班同学的面训斥。再就是我竟然莫名其妙地羡慕班级里的傻大姐，只因为她不是"后妈生的"。还有一次课间操，学习委员让我往左边站一点，老师却因为我在动而高声训斥我……从那时候起，我似乎和快乐绝缘，我的快乐呢？

　　对我来说，这些事情看上去不经意也无所谓。溪水流淌，要么汇入江河，要么干涸而亡。我不会因为任何变化感到高兴。从某种程度说，情感沉积得太多，变得不灵敏，但我依然保存情感优先的原则。例如听到大声喊叫，我先考虑的是背后的狂喜和痛苦，而后才是这声音本身让我战栗。

　　与我构想的中学不同，我要步行二十分钟到学校。比起姐姐那时候骑自行车上学，少了很多乐趣。姐姐每到冬天，手指会生满冻疮，经常抱怨天气寒冷。可每天看她推着自行车走出家门，书包里装着便当，却不是满脸愁苦，是满怀期待。跟同学一起骑车上学是充满快乐的，可以把雨雪天当成是和大自然的接触，和朋友一起同甘共苦。

每天来回学校两次，每次都走着同样的道路。从学校的陡坡下来，要经过荒凉的居民区。路旁有个很大的垃圾堆，四周长满野草，经常有野猫野狗在上面乱刨。穿过小胡同，再穿过一个胡同就到家了。每天这样来回两次，我无聊的时候会在地上留下脚印。回来的时候脚印还在，我会踩一脚。有时候一个脚印可以持续存在三五天，直到雨水把脚印浇散。

习惯一个人来去，我不太想融入新班级。我深知这种徒劳的行径，只能给自己闹笑话。我不善于搭讪，常常说句有头无尾的话，别人不知该如何接招。我觉得自己的知识和阅历浅薄，别人津津乐道的事物我毫不知情。如果照顾我的情绪，问我喜欢做什么，我也不知道。这是个恶性循环，我自行切断了增长阅历和知识的途径，变得更加孤陋寡闻。我想打破僵局的时候，羞耻心漫上来，就放弃了。

我喜欢身处被人忽视的地方，别人尽情地说就是了，何必顾及我的感觉。我的言语失灵，但耳朵灵敏，捕捉声音再合适不过。

听说一年级十二个班级里共有两对双胞胎，一对男生，一对女生。因为这两对双胞胎，大家一致得出结论——双胞胎都是美女俊男。我十分好奇，时刻想要见一见这两对双胞胎。

父亲觉得捡了个大便宜，把我推到有偿上课的班上。我对

此没有意见，不管是别人的建议，还是别人的逼迫，总强过我
拿不定主意，又无法求助。

　　暑假期间，每天中午午睡后，头脑尚未清醒，就要顶着太
阳去上课。闷热让我的头沉重得抬不起来。别人一到老师家就
像通了电一样说个不停，我只想趴在桌子上睡上一会。

　　到了日子，我带着补课费去上课，阴沉的天气让人感到一
丝凉爽。老师租了学校附近的一个老房子，我们在那里补课。
我期待一场大雨，听到雨点击打雨伞的声音，可偏偏没有下
雨。我一边走，一边怀想大雨过后，路边积水里倒映的蓝天和
树影。

　　发现几个男女聚在铁栅栏里的楼荫下吸烟时，食草动物
的本能让我感到不安。那时我不知道，一直期望看到的男双胞
胎之一就在其中。我低着头想要冲出不安的雾障，来不及深呼
吸，脚底生风。

　　雾障中伸出一条章鱼须把我擒住，是一个声音："说你
呢，过来。"

　　我不知道他说的是谁，我又再清楚不过他说的是谁。

　　我没有过去，屏住呼吸向前小跑。

　　"喂、喂、喂，叫你过来。"身后一连串的跑步声，一只
手抓住我的书包。

　　我悬着的心落了下来，事已至此，不必再担心了。

　　"有钱吗？"一个男生问。

　　我摇头。

"敢骗你爷爷，今天交学费以为我不知道？"

我抬头看看这些人，没有一个我认识的。他们如何知道我今天交学费，莫非我身边有特务内奸？为了补课费潜伏在我身边？想到此处，暗自嘲笑自己的愚痴。

"逼着我搜你啊！"后来我才知道，说话的就是双胞胎之一。

他夺去我的书包，把书包里的书本文具全部倒在地上。语文书一页页翻看，文具盒也快拆成废铁。书包里没有就开始搜身，他很幸运，手插进第一个口袋，里面揣着三百元钱补课费。

"敢撒谎，找死。"他比没拿到钱还气愤，在我的胸口踢了一脚。他这一脚是如何抬得这么高，我至今也没有想明白。或许是他本身就比我高出一个头，或许是他跳起来踢，又或许是他踩在石头上踢的。力气很大，胸口的震动让我可怜地咳了几声，喉咙阵痛。

好戏开始了。我故意装出很痛苦，很委屈，用手捂在胸口。表情极尽扭曲，嘴里发出呻吟。我在演戏，扮演落魄败将，衬托他那一脚的力量之大。实际上，那一脚并没对我造成很大的伤害，不过像空气在胸腔里震动了一下，并无实感。

"还有没有了？"他忽略了我的演技，又问。

我再次摇头。这摇头的动作是面部扭曲的延续，我的背后又受到一脚。

"我要是再搜出来钱，你就死定了。"

　　谢天谢地，他没有再搜出一分钱。双胞胎之一手里拿着我的三百块钱有些不甘心，又把我的书包搜了一遍，一无所获。我不敢松懈。他沮丧了，因再无收获而沮丧。这听起来很合理，又不太合理。

　　他们一人在我身上腿上踢了几脚，两个女生也踢了，然后数着钱走了。

　　我拾起书包，收拾残局。四下望去，除了热气蒸腾，再没有任何会动的东西。是它们都躲起来了吗？是我的笑话不好看吗？散场散得这么快。

　　我没有去补习班。是的，那天我逃了学。胆小怕事，逃学，这听起来很矛盾。我为没去上学找了一个深刻的理由。

　　——徒劳啊，多么徒劳的学习。意义何在？

　　我深陷这没有答案的怪圈中，在楼道阴暗的角落坐了一个下午。角落长满青苔和爬虫，我却异常燥热，不断冒出的冷汗浸湿我前胸的衣服。

　　人类的目光还需要长远一些。无论是向前还是向后，看似无限，却也是有限。如果将宇宙从物理书或地理书上搬到历史书上，人类站在宇宙的轴上，向前向后看，会是另一番景象。无论多么久远的人类历史，不过是宇宙的瞬间。向前追溯，历史似乎没有边境。但是向未来眺望，会赫然出现一堵光秃秃的墙。那是尽头，也是起点。是人类的尽头，却不是人类的起点。这尽头和起点，也在宇宙的范畴内。宇宙还要向前无限延伸，但人类的命运所能到达的，只有这堵墙。想要眺望墙外的世界是不可能的。人类身在宇宙之中，所知道的只有像楚门的世界一样巨大的影棚。

徒劳，徒劳啊！现在我可以大声喊出这句箴言。一切都是为了走向那堵墙，用徒劳的方式走向灭亡。金钱与财富，欲望与欢笑，统统会在那一瞬间化为灰烬。到那个时候，富人与穷人，欢笑者与抑郁者，充满希望的青年和年迈等死的老人，有何区别？或者，谁会在这场灭亡中走得更安详一些？

徒劳，徒劳啊。我匆忙行走究竟是为了什么，我要去学习，在困倦中强撑着，又是为了什么？为了早日碰到那堵墙壁，为了早日自取灭亡。或者我就坐在这里，或者死在这里，得到的答案怕是与前者相同。

在我、墙与宇宙三级之间，我是最小的，却是主宰。我与墙，墙与宇宙之间的比例不可以用数字来衡量，数字禁锢了无限的空间。那堵墙存在着，人类无法勘测它的大小和到达它的距离。人类试图做的测量，即为科学。这看似高尚伟大，实际上是如同苍蝇在密封的容器中乱撞，试图找到逃出去的缝隙。墙从天而降，科学又算是什么。

徒劳啊，徒劳——

豆大的雨点落下，我抬头望向天空，乌云翻滚。如果有闪电我就会爬到树上，站在树梢，举起手臂，竖起中指。槐树上的蝉噤声飞走，它能飞到哪里？墙在等着它。可惜大雨来得急，我没有带雨伞，听不到雨点敲打雨伞的声音。

家里来了客人，是个清瘦的男子，看着像个秀才。三十岁左右，在当地吹唢呐小有名气。这位姓宋的喇叭匠，是父亲同事的同乡。父亲也喜欢乐器，他只知道七个音符，不知道这七个音符有声调。

我回到家比平时放学稍微早了一些。父亲在陪喇叭匠聊天，不时地让他示范着吹几声。父亲不断重复"原来是这样啊"，像是很受教的样子。母亲围着围裙，在厨房里准备招待客人的饭菜。父母都没有发现我回来得早，我回到房间。姐姐搬出去了，房间很乱，堆满杂物。我趴在窗台上，外面滂沱大雨。房间里没有点灯，我坐在窗前，身后的阴暗与这大雨，像黑暗世界的勇士在行军。

当我分两次买了十几瓶啤酒回来，饭菜也摆在饭桌上了。平时父亲饭前是不洗手的。可在他眼里，懂乐器的人都是高雅、甚至高贵的人物。既是高雅的人，一定有良好的生活习惯。鉴于此，那日饭前他洗手了，逼着喇叭匠也去洗了手再吃饭。喇叭匠说他没有这个习惯。父亲说，好习惯是养成的，从今天开始饭前要洗手。

喇叭匠和父亲的年龄差十几岁，他们的共同语言并不多。父亲勉强用他仅有的对唢呐的了解支撑了一阵子，终于败下阵。有客人的饭桌上，安静地吃饭会让主客都陷入不安。更要命的是，这位姓宋的喇叭匠烟酒不沾。父亲唯一可以用烟酒调和气氛——敬烟敬酒——的机会也没有。父亲只能和母亲喝，用他们端酒杯的动作让气氛不那么尴尬。

"你看你不喝酒不抽烟，可得多吃了。"父亲说，"饮料呢，给倒上啊。"

母亲赶忙拿起饮料给喇叭匠倒满。

"来，你喝饮料，我喝酒，走一个。"父亲举起酒杯，将杯中酒喝光。

母亲赔笑着也端起酒杯，喝光。

"听说你和黄雷是同乡，你是什么时候搬出来的？"父亲说。

"说是同乡，也不算同乡，我和他的家相隔十几里地。"

"隔了那么远？同学认识的？"

"他比我大三四岁，不是同学。"喇叭匠说，"以前是一个乐团的。"

"一个乐团啊？"父亲瞪大眼睛，"没听他说过呢。"

"是一个乐团，他也吹唢呐，吹得比我好。最后还是改了行当，经商了。比起以前，现在这行的待遇好多了。以前死人出殡，没地方住，草棚也睡过……"喇叭匠介绍了很多他们这一行的经历。

最后，父亲好像只听到一句话，一直重复："原来他也是个喇叭匠。"

"喇叭匠"这个不太恭敬的词，父亲没有直接用在宋喇叭匠身上，却这样称呼他的生意伙伴。我明白父亲的心中所想，他抓住了黄雷的一条尾巴——原来他也给逝去的人吹过喇叭。如此一来，喇叭匠的艺术家身份降了很多。相应地，父亲的面子也保住了。

父亲连连举杯向喇叭匠敬酒，好像自己喝的是饮料，喇叭匠喝的是高度数白酒。

母亲默不作声听着他们的交谈，平时她偶尔会插上几句，可是那天她一言不发，只喝酒吃饭。她有时看看我，我读不懂她那被树叶遮蔽的神情。

母亲憋闷了很久，独自喝了一杯酒，问我："你今天下午干什么去了。"

"去学习班了。"我说。戏演得很过关，心跳也不曾加快。

母亲点了点头，说话的声音不大，又问："学费交了？"

"交了，"我说，"下次还不知道是什么时候。"后面这句是我自己加的台词，画龙点睛。

母亲不再说话，我开始担心起刚才的戏是否到位。我的神情，还有肢体动作，是否真实可信。我不安，匆匆吃了几口饭就逃离了饭桌。

我躲在房间里不敢出任何声响，怕引起父母的注意。我希望他们把一切注意力都放在喇叭匠和酒上面。雨早就停了，清爽微润的空气透过纱窗吹进房间。我周身像笼罩着晶莹的水汽，十分舒服。偶尔听到喇叭匠吹出滴答声，也觉得蛮好听。

听了他完整地吹奏一曲静谧小调，困意来袭。时间还早，我十分疲惫，睡了过去。我醒来睁开眼，一张满是酒气的脸正对着我。她压低面孔，头发散落下来，垂到我的脸上。她的鼻腔和嘴都喷出酒精的味道，碰到火星就能点着。她脸颊充血通红，目光涣散，游离的眼神全都踩在我的脸上。我永远不会忘记那张脸，脸上的红血丝蔓延到眼睛里，我看出了她的愤怒与失望。我也感到发自内心的绝望与悲哀。

"说实话，今天下午到底去没去上课？"她问道。

"没有。"实话要比假话说得顺畅很多。

"钱呢？"

"被抢走了。"我希望她不要再问下去。

"撒谎。"她吼道，"还敢撒谎！逃学，骗钱，撒谎。"

几个巴掌在我耳边响起，半张脸已经麻木。

"钱到底花在哪里了？"她用手指指着我的脸，确切地说是戳我的脸。

"被抢了。"我盯着她那血丝密布的双眼，愤怒已将所有涣散聚集到一处。她越是专注于我的双眼，她的头脑越是一片空白。她可能连自己也不知道，这样问下去究竟意义何在。她不打算再问了，来到我的房间，本就不是以得到真相为目的。

"长了狗胆……竟然逃学……再叫你逃学……看你再敢逃学……看你再敢乱花钱……撒谎……撒谎……"

"够了，还有客人呢。"父亲进来了，他只说了一句。像在抱怨母亲深夜唱歌吵到别人休息，影响他跟客人谈话。她暂停，用手指戳我的脸，戳中了我的眼球，锥心的疼痛传遍全身。

父亲走了，房间的门关上了。在关门的瞬间，我看到喇叭匠也过来了，探着头向屋子里看了一眼。他脸很白，吐了吐舌头，摇了摇头，没有说一句话。

门关上了，房间彻底陷入黑暗，我看不清她狰狞的面孔。我闭上眼睛，哭喊变得吞吞吐吐，不再清楚。她发疯一般打我的脸，麻木和疼痛消失。她所打之处变成木块一样，又硬又胀。

我不够强大。就算我足够强大，也不可能逃出她的愤怒。喇叭的声音消失了，父母也睡去了。安静的夜晚真是一种享受。我从床上起来，模糊看到时钟指着十二点十几分。父亲没有失眠，没听到他的咳嗽声，我想他们今夜一定睡得很沉很沉。他们在酒臭里面安稳地睡着，比睡在花丛里还要安稳。夜晚没有蝴蝶，没有苍蝇，夜晚就是纯粹的静寂。

我不敢开灯，一只眼睛肿到睁不开，另一只眼睛还有一些视力。这样平静的夜晚是从什么时候开始的，为什么我以前没有发现？站在镜子前，模糊的身影和身后的黑暗，以及昏暗的路灯在镜子里哭喊。

用手摸了摸脸，像一个充足气的气球。我看不清自己，他是否还丑陋，或是变得美丽。如果五官不尽人意，肿胀将五官深深地填埋，会不会好一些。没想到脸成了五官的坟墓，将它们埋葬。

想起被姐姐们装扮成财神，我想笑。可没办法咧开嘴角，没办法笑。

餐桌上一片狼藉，我拿起杯子，尽是白酒的味道。又拿起一个，也是白酒的味道。再次拿起一个杯子，终于没有白酒的味道。

路上车和行人所剩无几，法国梧桐沐浴着路灯温柔的光，投下树影。树影的轮廓并不清晰，我想起她刚烫过的发型就是这样。刚才为什么那样凌乱，想起中午以来的这一切，我浑身战栗。

徒劳啊，徒劳！我再一次在心里敲打出这几个字。耳边嘤嘤想起那一声声唢呐，它在夜里居然能传这么远？喇叭匠的家到这里开车也要半个多小时，难道他此刻在我家楼下吹奏唢呐？这唢呐的声音不是通过耳朵传进来，是他坐着板凳在我的头脑里吹奏。

第二天中午，母亲流着泪，拥抱着我睡在阳光下。我得到母亲久违的温柔。从搬到山城，我就没有在母亲身边睡过觉。之后，母亲默默惩罚自己，她不再碰酒。短短几日，我看到酒精在溃败，囚禁在沮丧之中。

既然我不能选择一种死亡，就注定要活着。可活在宇宙包围的墙里，对我来说是一种煎熬。我迫切地需要找到代替死亡的方式。生是死亡的方式，我已经尝试过，失败告终。深陷沮丧也是死亡的方式，但它不如生那样强烈。

5

那夜，我勉强入睡，被塞进了一个不可思议的梦境。我在梦境里安详睡到中午母亲回来，据母亲说，她叫了好久才把我叫醒。如果我不醒过来，她就要自杀。

因为那个梦，不，不是梦。它捆绑着意识，带我离开这个世界，不幸被妈妈生生拽回来。

那是一个漆黑的梦境，我只能感知自己的存在，看不到任何人，也看不到我自己。盲人的世界没有任何颜色，包括正常人闭着眼看到的黑。据说，正常人闭上左眼睁着右眼，左眼的虚无就是盲人的世界。此时，我就是这片虚无，这片虚无便是我。

前方出现了一点星光，正当我怀疑那是幻觉的时候，光源在向我靠近，也有可能是虚无在被光吸收。我隐约听到神圣的乐曲，像喜多郎的*Romance*，让我浑身轻盈，有飞升之感。那光亮无限扩大，向我靠近，带着绿色植物与泉水的清爽气息。

光的出口不是圆形或方形，是纺锤状。当它彻底洞开在我面前，我纵身跳出了黑暗。

眼前的景象让我惊呆了。

长满地衣的石碑上刻着"白云之驿"几个字。我相信，这不是梦，这是真实的世界。我走近那个如同风干的心脏形状的石碑，抚摸那几个字，可以感觉到刻字匠人所耗费的力气。

我正被松林包围，松林外的世界我一无所知。几声鸟鸣，和家乡的鸟鸣不同。家乡的鸟鸣总是受到惊吓的尖叫，这里的鸟鸣更加自然动听。

我循着鸟鸣的方向走去，隐约听到流水的声音。这样的流水声我也没听过，但确信那是水发出来的声音。我能感觉到，这里的流水不掺杂任何杂质，河面漂浮的叶子也可以算作污染。松针散发着清香，松树苍劲粗壮，棕黑色表皮不知已经生长了多少年。

走出松树林，视野变得开阔。眼前是平整的草甸，根据太阳的位置判断，我的前方是东。那里是连绵的高山，被白云拦腰截断。山尖探出云层，宛若仙境。山巅之上，又是一层白云，这层云要比下面的更加浓厚。北边是沼泽地和湖泊，由于地势平坦，距离较远，我无法判断湖泊的大小。但根据四周的芦苇丛可以判断，这湖泊绝对不小。我向南边走，是悬崖，悬挂着百米高的巨大瀑布。瀑布飞落而下，水汽飞溅，形成极大的雾气。瀑布落下山涧变成一条大河，两边遍布茂密的植被，植被呈现墨绿色，像一个巨大的深坑。瀑布在崖顶的部分，是一条河面并不宽阔、但水流湍急的大河。河的对岸又是松林，与我身后的无异。

与我在河的同一侧，距离瀑布下落的地方几十米处，有一个漂亮的木屋，看上去十分坚固，屋前是手腕粗的松树干围扎起来的篱笆院。

木屋的门善意的虚掩着，精巧的木窗敞开，在微风中晃动。我喊了一声，没有人回答我。我又喊了几声，还是没有回应。我大胆走进院子，院子里的草地明显比外面的柔软。我拉开雕刻着百兽图的木门，屋里更加浓烈的松树香气迎面而来，仿佛这栋房子就是一个还在生长的松树。空荡荡的屋子里十分整洁，我的闯入没有惊起丝毫纤尘。

掀开小松塔串起来的门帘是卧室，里面也是空荡荡的，只有木窗算是件饰品。我站在窗边向外眺望，视线被强烈的绿色占据，草地如地毯般一直蔓延到天边。我右边是无尽的松林，正前方是青葱的芦苇荡，左边是连绵的群山，以及山顶上停留着的两层白云。太美了。这油画一样的世界并不静止，身后不断传来流水之音，以及瀑布跌落的回声。

我兴奋极了，无法控制自己的情绪。我想在这草甸上打滚撒欢，想跳进河里游泳，想爬到山顶，抚摸白云，一口一口吃掉它。我想跑进沼泽地，折几根芦苇回来装饰木屋。我走到篱笆墙处，用力摇晃几下，篱笆墙扎地三尺般丝毫不动摇。我蹲下来仔细观察，发现这松树是长在地里，没有树冠，只有树干交叉排列着。顶端也不见被破坏后的横断面。它们像天神刑天，天生不长头颅，也不见脖子上有疤痕。

此刻的心情无人可以分享，也没有可供宣泄的物品。柔软的草地我不忍心践踏，还有这活着的松树篱笆，看起来更像生命，自由的生命。我想奔跑，像野马，追逐流云的野马。它不知缰绳为何物，也从未尝过皮鞭的抽打。除了奔跑和咀嚼多汁的嫩草，没有别的事可做。剩下的一切都是多余，都是在浪费生命。

我奔跑着，这里干净的空气可以让人不知疲惫，是可以果腹的粮食。笑声要足够大，大到在远处的山巅也可以听到，盖过涧底传来的水涛之声。

不愧是白云驿，这里的云朵的确不同。它是分层的，一层浓于一层。我数了数，在湖的上方，一共分了五层云。最上面一层像刚刚粉刷过的白墙一般厚重，人可以在上面行走。太阳如同巨大的灯，将云朵的影子照射在草地上。云的最下面那一层距离地面很近，大概几层楼那样高。它轻柔地聚做一团，不必担心它掉下来。掉下来也不要惊恐，它会轻柔地覆盖在身上，这样睡着又何妨。

我躺在草地上，望着辽远的天空，感觉草根将要攀附到我身上，耳际被它挑逗得酥痒。

昏昏欲睡之际，河水变得躁动不安，发出大海波涛汹涌的声音。

我睁开双眼，回到有母亲的世界。

白云驿的美景消失了，眼前是母亲满是泪水、憔悴不堪的面孔。那一瞬间，我已经原谅了她昨夜对我的伤害。

她把我抱在怀里哭得撕心裂肺。我的脸依旧是又胀又热，并没有疼痛之感。我无暇顾及母亲的痛哭与身体的不适，昨夜的事也是次要的。我现在唯一在乎的是白云驿。

白云驿，白云驿。我何时能再次进入那个地方？

回学校上课，已经是一个星期以后的事。一个星期足以让紫薯面包模样的脸消肿，但眼球上被母亲手指戳过的淤血处，再也没从我的眼球上消失过，成了我的第三只眼。

本以为在家一周可以不必学习，正要高兴的时候，母亲的贫血症来了。母亲请了两天假照顾我，我的脸恢复正常后，她的贫血症也痊愈了。得不偿失的一个星期里，母亲说我又瘦了。

"都怪妈，不该打你。你看你又瘦了不少，你从小到大长一斤肉不容易，瘦几斤倒是简单。"妈妈时常在我面前忏悔。

为此，她规定我每顿饭都要吃两碗。即便吃了两碗饭，也不见长肉。食物变成粪便排出体外，可我排便的次数也不多。莫不是我的身体里面有个黑洞？

第一天上学，我警惕地走上那日被抢的路，四下看了很久，没有可疑的人，只有几个卖菜的商贩和老年人。我快步走过。就在此时，抢我钱的几个学生的模样变得清晰。他们五个人，两个高高瘦瘦的男生，一个很健硕的男生，还有两个女生。

班级的卫生分五个组管理，周一到周五，一组一天，早中晚各一次。由于我告病一周，上周的卫生清扫没有参加。同组的同学觉得不公平，认为我故意不上学，只为了逃开卫生清扫。我到教室的时候，垃圾已经将门堵死。组员们对我说，卫生已经清扫完了，倒垃圾的任务就交给我了。

这一堆垃圾我来回倒了三次，垃圾点在操场的另一端。为了不让垃圾飞走，我要一只手提着垃圾桶，另一只手用扫帚压住垃圾。

最后一次倒垃圾的时候，遇到抢我钱的那个人。我记得他，他也同样拿着红色的垃圾桶在倒垃圾。我很诧异，校园霸王怎么可能倒垃圾？即便是倒垃圾，也是借机出来透气散心。他身边没有别人，垃圾桶倒干净后就回教学楼了。我的眼睛始终跟着他，既怕他认出来我，又希望他能认出我来。我像磁铁一样靠近他，他身后的垃圾堆散发着酸臭。联想到他的身上，他也像一个烂苹果。

他抬起头，与我目光相对。他朝我微微一笑，我瞬间不知所措。对他的仇恨也被胆怯蒙住，我也咧嘴对他一笑。我与他擦肩而过的同时，耻辱感达到极点。我把垃圾桶一起扔进垃圾堆。

我更不能理解他对我的笑，那笑容很无辜，充满善意。我想拉住他，问他的笑是何含义，可我没有勇气。

放学后，我下了主道，进入空旷无人的楼区，我又一次在那里看见那张熟悉的脸。

今天他要独自一人抢劫我？我心想。

他仍旧微笑着看我，向我摆了摆手，走过来。

"今天别走这条路了。"他说话的声音有森林的气息，很好听。

"为什么？"

"有人在半路等你。"

"上次不就是你拦截我，抢走我三百元钱！"

"天地良心啊，那是万君干的，和我没关系。"

"你是谁。"

"我和他是双胞胎，我叫万懿。万君比我早出生几分钟。"万懿说，"别以为他早出生一会儿就是哥哥了。马克·吐温也是双胞胎之一，他曾说过'每个人都以为我是那个活下来的人，其实我不是。活下来的是我弟弟，淹死的人是我'。同样道理，先出生的是我，后出生的才是他。没有证据可以说明他是哥哥。"

"你和他不是一伙的？"初次说话他就对我讲了这么多，我觉得他是个怪人，但不是坏人。

"我怎么会和野蛮人一伙？"万懿说，"他在外面惹事，仇人多次把我当成他，我替他挨了不少拳脚。我恨死他了。"

眼前这个人就是男双胞胎之一，抢我钱的是另一个了。

我仔细看了看他，确实和他口中的万君有区别。区别在于，万君比他的皮肤黑。除此之外，他们都像是画出来的人，轮廓精细，没有一处粗制滥造。万懿喜欢笑，和蔼可亲。万君棕黑色的面孔不适合笑脸。

　　"听我的，以后别走这条路，走大路更保险。我听说他打了败仗，正找不到人撒气。"万懿说。

　　我和他一起返回大路，从大路回家。路上他不停地向我讲一些事，这些事没有主题，只是不停地抱怨。他还抱怨万君野蛮，只会"打打杀杀"，不用脑袋思考，有这样的兄弟他感到耻辱。他还说了些关于他家庭的事。

　　他们是从外地搬来的，刚来没几年。从他家住的小区就知道他是个富家子弟。他的普通话很好，有些话我能听懂，却怎么也说不出口。他说他不喜欢讲普通话，会给人距离感，他让我教他当地方言。他的学习成绩很好，无论是班级还是学校都名列前茅。他说没听过我的名字，多半是因为我没进过全校排名的前一百。他说他能记住百名榜里所有人的名字和班级，把这些人当成竞争对手。

　　他对我说："我希望和你成为朋友，前提是你永远都不要冲进百名榜。"我把我考得最好的一次告诉他，他大笑起来。他说笑不是在嘲笑我，是觉得成绩稳定在四百上下实属不易。

　　我和万懿变成了好朋友，经常在一起玩，放学结伴回家。缔结我们友谊的是共同憎恨的万君。仇恨缔结起来的友谊，只能以仇恨作为话题和准则，这对于友谊来说是危险的。一旦我们有一方突然讨厌讲这个话题，那就只能是沉默。

　　家里来了个从没见过的亲戚，要给姐姐介绍一门亲事。那段时间，姐姐赌气好几个月没回家。父母不知道姐姐的死活，只有我知道。姐姐还活着，住在她新交的男朋友家。

姐姐毕业后，在另一个城市的工厂上班，每个月的工资少得可怜，经常食不果腹，回来向母亲要钱。母亲责备姐姐不知道节俭，导致每个月的工资提前透支。姐姐不狡辩，等母亲发泄过不满，拿一些钱给她，让她度过发工资前的日子。姐姐一个人在外，却经常身无分文的行为在我看来是不可理喻。我问姐姐是不是把工资藏起来了，在母亲面前谎称是花光了。

姐姐说她真的把钱花光了，每次回家来要钱，身上只剩下回家的车费。如果她回来给我带了什么礼物，那也是买完礼物，只剩下回家的车费了。就是在那一次，我尝到了香烟的滋味。姐姐从包里掏出香烟的瞬间，仿佛掏出炸弹一样。姐姐说她只是为了好玩，没有多大烟瘾。父母不在家，姐弟俩点了一支烟趴在窗口抽起来。阴沉的天气让烟不会立马散去，我总是会用手将烟打散，吹到窗外。

没过多久，父亲发现姐姐包里的香烟。很少对姐姐动手的父亲，给了她一记耳光。心疼姐姐之余，我也长长舒了一口气。我不用再担心这个秘密从我这里泄露出去，被姐姐怨恨。

父亲怒骂到："老大不小的人，不补贴家里就算了，还要家里补贴你。你赶紧找个人家嫁出去吧。人事不做，学了一身臭毛病。"

姐姐脾气倔强，越是态度强硬，越不能让她服软。姐姐一气之下离开家，很长时间没有回来，也不与家人通话。只有我知道姐姐的行踪，她让我保密。

媒人把对方的情况向父母描述一番，父亲一直在点头。我却没听出来有什么过人之处，乡下的家境暂且不论，没有一技之长，据说长相也一般。我不理解父亲的评判标准，或许只有"年轻气盛的雄性"这一件吧。

父亲没有把姐姐离家出走的事情告诉媒人，说姐姐回来再商量，觉得可以就见一面。我偷着打电话，把相亲的事告诉姐姐。姐姐也说了实话。她认识了一个男人，现在就住在男人家里。她说她爱死了这个男人，要嫁给他。

在她的描述中，对方是个英俊高大的帅男人，很会讨女生欢心，很能打架，很讲义气，很能喝酒，身上刀疤无数。她说她最爱这些刀疤，比他的钱还要珍贵，她每天趴在那样的身体上，就像趴在冰冷的铁轨上，莫名的舒服。还说他根本也没什么存款，家住在一个贫穷的小岛上，岛上的人多半打鱼为生。这也算靠天吃饭，可是跟农民没得比。他们无法播种无法施肥，只能凭鱼群的脾气和洋流的走向增收。这种生活十分不安定，因此岛外的人叫岛上的人为"岛里的人"，言外之意就是贫穷。不过这个男人准备学别的岛那样，开展水产的人工养殖，现在正在找合适的海域。

"不过，"姐姐说，"他父母双亡，奶奶年迈，估计很快就去世。这样没有负担的家境就是他的存款。"

我不能理解她这么冷酷无情的话，却又无法反驳。

姐姐突然回来，带着那个男人一起。我有些措手不及，我这个单线联系的人物的价值瞬间失效。我抱怨姐姐，为什么不先和我打个招呼。姐姐什么也没说，拿出很多零食奖赏我，说这是未来姐夫买的。母亲为了周全礼节，备好一桌酒菜，父亲全程都没有露出笑面。

气氛尴尬而压抑的晚饭，姐姐全程抱着男人的花臂——胳臂上纹的像一枝花，又像一条龙。母亲让她矜持一些，姐姐全然不理会。父亲有敬酒的习惯，唯独那天他只一个人喝闷酒。

男人拿出烟敬给父亲，被父亲拒绝。男人转而递给姐姐，姐姐也喝了酒，已经昏了头脑，接过烟抽。父亲一怒，把酒杯摔在地上，将姐姐和那个头发剃得青黑色的男人打出门。那男人确实是个血气方刚的汉子，和父亲还了几下手，好在姐姐挡得及时。我在他身上看到了万君的影子，不过他比万君驯服一些。我有点喜欢他了。

父亲病了很长时间。甲亢病复发，从此在每年的春夏之际折磨父亲一回。把姐姐打走之后，父母在争吵中喝了很长时间。我躲在房间里不知该如何是好。我很想到外面走走，可是走出家门的必经之路就是父母的酒桌，我实在不愿看到那惨淡而可怕的场景。

在昏睡之际，我听到肉体搏击的声音。我知道发生了什么。没有怒骂，只有击打肉体那闷而钝的声音，把我击打成像年糕似的软弱黏稠。我把头埋在枕头下面，强迫自己想着明晚要和万懿去公园的事情。

第二天的晚饭只有我和母亲，我没有问父亲的去向。母亲说，父亲被同学请去吃饭了。我很庆幸这顿饭没有同两个角斗士坐在一起吃。我匆匆吃完母亲规定的饭量，跑去和万懿会合。

　　我见到万懿就抱怨他，为什么昨晚不叫我来这里。万懿说会有好戏看，让我耐心等待。

　　我们顺着上坡路一直走，来到公园后面的烈士陵园。入夏，尽管快过七点，太阳还在地平线以上不落。残阳照着烈士的石碑，变成橘黄色。陵园里的杂草刚被清理过，空气里飘着草汁香甜的气味。夕阳落山，烈士陵园暗淡下来，四下漆黑无人。我拉住万懿，说等下次风和日丽的艳阳天再来吧。

　　万懿看了看时间，说好戏也该开始了。我们离开陵园，向另一个坡路走去，山上修了市民散步用的柏油路。入口设有栅栏，只有自行车和步行能通过，经常有山地车发烧友聚集在此。

　　我们每人买了一盒爆米花，真的像观众似的，找石凳坐下等着看好戏。

　　没过多久，几个戴着面具，骑着价格昂贵、装扮漂亮的山地车的年轻人呼叫着过来。他们的装扮十分古怪，挂着妖魔鬼怪的面具，穿着嘻哈的服饰。肉体想要暴露的地方全都暴露出来。他们摘下面具，我第一眼就认出万君。他骑一辆黑色火焰的山地车，一条铁链子将他和车锁在一起。头发冲锋陷阵般梳在后面，头发下面还是那张冷酷的面孔。他棕黑色的皮肤变得更加黑，穿了一个肥大的休闲背心。胳膊上的肌肉闪着光，深沉而有力的光泽，让人不由得感觉到这肉体的崇高。还是这一身装束适合他，校服对他来说就是囚衣。

其他人也摘下面具，三男两女。唯有万君是独一无二，其他两个男人是他的仿制品。

"看到那个穿白鞋的女生了吗？"万懿问我。

我点头。

"她叫崔伊，是万君的女朋友。"万懿冷笑说。

那女生肤色暗沉，长相清秀，是个长发美人坯子。五官很匹配她的肤色，我不知被她哪里迷住，她成了我眼中黑色的女神。

"她也是我们学校的吗？"

"才不是，早就不读书了。整天和另外几个人厮混，除了万君，其他人都辍学了。"万懿说。

"他为什么不辍学？"

"他要是辍学就成乞丐了。"万懿说，"我家世代经商，凡事都讲究买卖。家里对待我们也一样，要等价交换。"

几个人稍做整顿，把面具挂在脑后，从脖子上扯起黑色脖套罩住鼻口。一齐出发，向坡下俯冲，他们欢呼着，速度很快。万君的车不知道出了什么故障，急驶中突然失去控制，前轱辘飞出去。他一个跟头栽倒，飞出很远落在草丛上。

万懿大笑着站起来："你看吧，我就说有好戏上演。"

万君爬不起来，看来是受了伤。如果是这样摔在柏油路上，他早就没命了。万君大吼着骂了几句，我隔着那么远都听得清楚。其他几个同伴骑回来搀扶他，他连车也不顾就走了。

"你不觉得刚才的一幕让人很解气吗？"万懿说。

　　"是很让人解气。"我想到那三百元钱的委屈，想到那之后所发生的一切。

　　我们再没有说话，天彻底黑了，山上纳凉的人逐渐多起来。有的人拿着蒲扇，有的人拿着赶蚊子的手帕，还有的人拿着苍蝇拍。这些人登上山顶，像拿着法器准备登天的神仙。万君那一跤似乎摔得不够狠，万懿的沉默说明他仍有某种失望。我不想打扰他的失望，陪着他一起沉默。比起我对万君的"憎恨"，万懿才是真正意义上的"憎恨"。

6

姥姥走失之后，母亲在我心中突然从母亲变成了女儿，一个无奈的女儿。

姥姥和母亲的关系不和谐，是我见过最不像母女的母女。嫁给父亲以后，母亲没有回娘家住过一夜。母亲的委屈苦难全都自己扛着，告诉姥姥只能得到辱骂。母亲在姥姥的眼中是无能、吃里爬外的女儿，是她不喜欢、见了面就教训的女儿。作为我的母亲，她丝毫不无能，我也知道她的孝顺。姥姥不把母亲的孝敬放在眼里，只疼爱三个儿子。只要母亲对舅舅们使一点脸色，姥姥的口舌就不会饶了她。

姥姥神志糊涂之前，她们母女只要同席而坐，没有不吵嘴的。尤其是母亲喝得醉醺醺，更成了姥姥的放矢之地。她哭诉姥姥待她不公，却抱着酒瓶不放，加剧了姥姥的不满。在我看来，母亲借酒消愁可以理解，只是选错了地方。

不管姥姥多么嫌弃母亲，我作为家中唯一的男孩，独得姥姥宠爱。只有我和姥姥的时候，这位老人是另一副模样，无比慈祥精明。我懂事之后很长一段时间，不知道应该对姥姥心怀怎样的情感。站在母亲的立场，我该厌恶姥姥；站在我的立场，我对姥姥的情感绝不亚于母亲。

　　姥爷早逝，隔了多年，姥姥改嫁。嫁的老头比姥姥大将近十岁，一个慈祥可爱的老头。开始记事起，我印象里就有这个我称作"大姥"的人，他就成了我的姥爷，是否有血缘关系丝毫不重要。关于他，最早的记忆是在他家门前的那块肥田里。他头顶太阳，带着草帽，肩头搭着白毛巾，挥着镐头翻地。我不知哪来的情绪，夸他健壮得像个小伙子。那个时候他快七十岁了，从此便记住了这句话。在日后的岁月里，他时常用这句话来夸我。说我那个时候就会说大人的话，像个小大人。在他眼中他是在夸我，在我看来，这不算夸赞。要知道，把孩子夸成大人一样，不算未老先衰，也是初始成长不恰当的片段。因此，我不喜欢别人这样称呼小小的我。

　　跟大姥姓氏相同，我对这位老人莫名地喜爱。他对我的好也胜过对他亲孙子。按照他的年龄算来，我猜想他应该参加过战争。我总是追着问他参加过什么战争没有，用过枪没有，敌人是不是长得很可怕。他真实的回答总是让我失望。他参加过短暂的战争，却不是冲锋陷阵，是临时征去抬伤员的民兵。

　　为了减少我的失望，他会给我讲故事，民间口口相传的传奇故事。遗憾的是，随着大姥过世，这些故事也从我的记忆中带去了他的坟墓。我很懊悔当初没有记下这些故事，如今我怎样回忆，都只有些零碎的片段。但那些鬼怪故事开启了我幼小心灵的想象世界，从此那扇神秘世界的门就没有关闭。

大姥大字不识几个，寒暑假去姥姥家，母亲都要我把作业带去。大姥看到我的语文课本，总是忍不住翻看，可他又不认识几个字。我写完作业，他就让我教他读书。他年纪太大，有的字我也不认识，等到我已经记熟，他还是不认识，我就没了耐性。他会讲故事逗我开心，故事只有那么几个，他声情并茂，最长的要花十几分钟到半个小时才能讲完。他讲故事都像背书一样顺畅，有的情节一字不差地复述。我百听不厌，他像我一样讲得厌烦了，还是会耐心地满足我的要求。

在大姥家老房子里，每个角落都有他给我讲故事的印象。夏末傍晚，结满紫色李子的李子树下，空气中有糖分渗出，是李子的甜腻。葡萄藤下的深秋，小院里很冷清。后来葡萄藤被砍倒，大姥自己做了一个手杖。我喜欢拄着它，模仿大姥走路。屋外墙角的水缸，可以算作古董，有几处用铁丝修补的痕迹。我喜欢把身子探进缸里，大叫，听声音在水缸里像慌张的柳叶鱼一样震荡回响。

青黑色的大缸后来被姥姥砸了，那是大姥刚去世不久，姥姥也糊涂了。她时而清醒，时而糊涂，宛如两个人。她四处找不到大姥，抡起铁锤把水缸砸了，坐在水缸的碎片上大哭。

姥姥糊涂以后，对我和姐姐们算是好脾气，对其他人变得严厉刻薄。对待大姥也同样。大姥好脾气，任她怎样难缠，他总是沉默不语。他叹上几口气，无可奈何地走开。大姥临终之前，姥姥的脾气变得异常火爆。大姥去得并不安详。那段日子，比他这一生所有的苦日子里最苦的岁月还要苦。

姥姥最喜欢的食物是芸豆，她沿着墙边撒下芸豆种子。经过半夏，用来拔高的芸豆藤上面挂满豆荚，还有的开着紫色的花。姥姥摘嫩的炖着吃，老的包成包子，剩下的晾成豆干留着冬天吃。几乎整个夏末都是芸豆炖咸猪肉，我百吃不厌。我最喜欢吃姥姥包的芸豆包子，姥姥也深知我的喜爱。

搬到城里，住进楼房，假期我就不喜欢去姥姥家了，经常一个人憋在家里，像个深闺小姐。这时，姥姥会像诱骗小孩子一样，用她的包子哄我去她家住几日，此法每每奏效。说不清什么时候，姥姥的包子变了味道，不再是最初的味道。有一次她甚至忘记放我最喜欢的猪油。姥姥的诱骗不再奏效，我总是有很多的借口不去。我并不知道，姥姥已经患病，患上了蚕食心智的疾病。

从姥姥患病开始，她家的餐桌上只有两个菜，浸在酱油里的豆腐和黑乎乎的酱豆角。姥姥清醒和糊涂交替着度日，身边的人也要时刻提防着。这种担忧对于大姥，与其说是折磨，不如说是自我保护。那时大姥年过八十，即便我再说一万次他像个健壮的小伙子，他也笑不出来。他浑身上下没有一根骨头是直的。两条腿向外画圆，近乎标准的圆形。他年轻时做过重体力活，小腿就已经静脉曲张，血管外凸，到老了越发严重，如同深秋的葡萄藤。后来听父亲说，大姥也是得了一种病，类似于末梢神经坏死，他的颧骨上贴满用来止血的纸片。

　　姥姥头脑糊涂，身体还很健康，行动灵敏。她糊涂起来，家人怕她乱跑，把院门锁上，她会翻墙偷跑。姥姥身体的健康对大姥来说是灾难。因为肢体僵硬，大姥时常关节疼痛。他在姥姥清醒的时候把疼痛告诉她，希望得到姥姥的帮助，却不想惹来灾难。姥姥让他到院子里晒晒太阳就不疼了，大姥不依，遭到姥姥打骂。姥姥折下树枝，鞭打畜生一样鞭打他，直到他蹒跚走出房间。太阳尽管不毒辣，却也十分热。她让大姥躺在灼热的水泥地上，一躺就是一下午。傍晚母亲去看望姥姥，这一幕让母亲心痛不已。母亲流着泪，把大姥抬回屋里，母亲无心理会任何事，唯有哭泣。我试着体会母亲心痛的根结，大概是姥姥糊涂到无可救药的地步，并非纯粹地心疼大姥。

　　深秋，干燥的乡间田野，看不到生机，黄土飞扬。我放学回到家，母亲不在，也没做饭。我打电话才知道大姥去世了，母亲让我快回去，为能再见他一面。他寿终的面容我已不记得了，只记得红布之下的躯体，像个十几岁枯瘦的孩童。大姥可是身形高大、双肩宽平的男人。姥姥坐在里间的沙发上空洞地张望，我无法得知，姥姥是否知道发生了什么。她看到眼前的一切，却无法解读。在我看来，姥姥的悲哀在于亲近的人死在面前，她却不得而知。相比死别时的眼泪，姥姥茫然无光的眼神，为大姥的去世增添了悲情。

　　大姥的子女因为琐事纠纷，好多年没有回来探望。去世那天，除了已逝的长子，其他子女纷纷赶来。女儿和儿媳赶到后，伏在大姥的遗体边上嚎了一阵子，始终没有掀开红布看最后一面。或许是心虚，或许是不忍心看到他临终前的艰难处境。在这些不孝子女的人性和亲情之中尚有良知存在，这良知让他们感受到的不是悲痛，是无颜面对生身父亲。舅妈们准备了些简单的饭菜，两家人总算聚齐在一起吃了顿饭。大姥的子女像客人坐席一样，吃得一个劲儿打饱嗝。饭后，大姥的子女将他的遗体和稍稍值几个钱的遗物，以及政府补贴的少得可怜的丧葬费全都带走了。

午后淡黄色的阳光和黄土地浑成一色，寒风吹了一阵子又停，停一阵子又吹。想到大姥就要睡在这坚实的黄土之下，我希望下一场大雪，把新坟盖得严严实实，让他安详地度过第一个严冬。

第一场薄雪降下来，我便不再期望第二场雪。

阿尔茨海默病，俗称老年痴呆，也叫小脑萎缩，神经功能上不可逆的精神疾病。临床症状各有不同，有的嗜吃，有的嗜睡，有的反应迟缓却十分安静，姥姥是与之完全相反的症状。

大佬去世，以及同村跟姥姥关系好的老人相继去世，姥姥的可活动范围也在缩小。以前她串门的老人家，门上的铁锁已经生锈。姥姥无处可去，又不能安分在家闲坐，开始满世界乱逛。乱逛后找不到回家的路，亲人们要找到她犹如大海捞针。

姥姥第一次走失的时候还没进入隆冬。一天一夜没有回家之后才被人发现她走丢了。母亲和舅妈留在姥姥家等，三个舅舅和父亲在周边的村落找。姥姥回来了，她只穿了件母亲给她买的加厚毛衣，外衣不知丢在什么地方了。她像刚从草堆里钻出来，浑身草屑，睫毛上也挂着草。母亲见到姥姥就抱着她大哭。之所以说母亲变成女儿，我在此刻深有体会。内心强大的母亲，在姥姥的面前永远是无能为力、柔弱的样子。

姥姥饿极了，一口气吃了两个发面馒头。母亲打发舅舅们先回去了，只剩下父亲、母亲和我守着姥姥。夜幕降临，远处漆黑的大地可怕至极。夜晚会吃掉恐惧的人，只有灯光才能救这些人。我从小就害怕夜晚。夜晚乡间的路，至今我也不敢一个人走，尤其是那一小段路，路边没有人家，有几块田地，一个水塘，高大的梨树和几近枯死的榆树。水塘边黑砖砌成的小土地庙——说是土地庙，村里有人去世才用得到它。那是个阴气极重的地方，每每经过，加深了我对夜晚的恐惧。

无论母亲怎样问姥姥，她都不谈这一夜是怎么度过的。一会说不记得了，转眼又说不想告诉母亲。这是发生在母亲和姥姥之间极其难得而平和的谈话。姥姥重复着向母亲讲述她记忆中仅剩的往事。那都是别人家琐碎的事，对自家事她闭口不谈。这样难得的机会，母亲却没有珍惜。她不耐烦的神情，说明她并不喜欢姥姥讲述的内容。母亲又找不到合适的话题和姥姥交谈，只好强忍着不作声，含着泪听着。

我至今都难以想象，姥姥是如何度过那一天一夜的。

我想，大概是这样的：

姥姥茫然四顾，走出家门。她面前有三条路，向左、向右，或者穿过门前的田地向前走。她选择了一个方向，一直走下去。如果道路笔直，她会一直这样走下去。可惜道路前方是一户人家的院墙，她的眼前又出现两个方向，向左或者向右。她选择一个方向，走下去。姥姥就这样不知拐了多少个弯，像散漫的旅人一样，四下茫然地走着。像初来这个世界的人一样，带着空白的记忆走着，所到之处便是记忆，而后片刻就会遗忘。她没想过如何回来，可能没想过要回来。一不小心，摔了一跤，不知道她是否感觉到疼痛。这一跤是否摔醒了她，让她意识到她已经离家很远了，或者让她记起，她是不是要去某个地方寻找某个人。然而，这一切并没有发生，她从地上爬起来，不管身上的泥土。她看到前面站着一个人，走过去，胡乱对那人说了几句话。那人以为是个疯婆子，匆匆走开。姥姥继续自言自语地向前走，一条瘦狗从姥姥身边经过。姥姥和母亲向来讨厌猫狗，她无故呵斥那条狗。狗被惹怒，向姥姥龇着牙，吠了几声。跟人一样，狗也厌烦地转身离开了。

庆幸也不幸的是，姥姥不知饥渴，也不知疲惫。太阳偏西的时候温度下降，西风阵阵掠过她的耳边。她只觉得冷，却不知道冷意味着什么，不把冷放在眼里。当她再一次摔跤，说明天完全黑了，她看不清路。她走过一户又一户人家，窗里射出温暖的灯光。她像取经者一样虔诚地向前走着，那温馨的灯光，丝毫不会让她产生羡慕或是忧伤的情绪。

她的腿脚酸痛。她不知道那是因为疲惫，只是抬不动腿，双脚越来越沉。她找了一块大石头坐下来，石头的冰凉瞬间传遍全身。她困极了，可这样寒冷的夜晚任她再困也睡不着。她听到不远处的草堆里，传出几声母鸡的咯咯叫。或许是出于本能，她知道一定有母鸡在那里刚下完蛋。她有些高兴，说不清是怎样的高兴。她循着声音摸到草堆，一头扎进去。那个空间不大的草窝里有两个热乎乎的鸡蛋，姥姥把鸡蛋装进衣服兜里。她觉得草窝可以睡觉，她实在是困极了。这里残留着母鸡的体温，还有母鸡身上不香不臭的气味。姥姥就这样，一半身子在草堆里，另一半身子暴露在夜空下度过了一夜。

姥姥被阳光照射的温暖扰醒，她不庆幸自己还活着，只是站起身来，四下看了看。她手摸着口袋，发现口袋里有带着冰碴的黏稠液体。她脱掉外衣，开始胡乱走。双腿还没有完全恢复知觉，走起路来一瘸一拐。她丝毫不在意，只缓慢地继续走。卖油条的大娘看到叫花子模样的姥姥，给了她两根油条一碗浆子。姥姥接过油条，不忘说了声谢谢。

姥姥碰见个熟人，是个货郎，长得白白胖胖，像个成年的大头娃娃。他每天更换村庄摆摊卖货，叫老太太都是大婶子。他问姥姥一大早去哪里，怎么浑身这么狼狈。姥姥说要去找女儿，女儿住在城里。货郎说，去城里不是这个方向，再往前走就上山了，离城里越来越远了。

姥姥说她就是从北边来的，也没看到城市。货郎发现了异常——老太太糊涂了。他问姥姥知不知道回家的路。姥姥说家在北边。他又问，在北边哪里。姥姥说在北边的盖子村。他问她认不认识盖子村的李兰（姥姥的名字）。姥姥说李兰都死了好几年了。货郎笑了，不再说什么。

"大婶子，你上我车，我再跑几个地方，送你去找你女儿行不行？"

　　货郎压缩了卖货时间，赶在傍晚之前把姥姥送回家。刚一进村口，姥姥就嚷着要下车，说她到家了，不用再送了。姥姥向来怕麻烦别人，她不让货郎把她送进家。

　　货郎停了车，看着姥姥进了门，进来跟母亲打了个招呼就走了。

　　姥姥睡得很早，比以往八点睡觉还要早一个小时。父亲让母亲留下来陪姥姥一夜，母亲立刻拒绝，让我留下来。尽管我极不情愿，我有点惧怕这样陌生的姥姥。母亲开始哭，哭的原因是她母亲如今无药可救了。她连自己的家人也不关心，却还记得东家西家的琐事。我知道母亲希望从姥姥口中听到什么话，可姥姥这辈子都没有说过。电视剧里那些母慈子孝的片段，母亲看了都会流泪。

　　清晨，当我睁开眼睛，我闻到早饭的香气，恍惚间回到了以前。姥姥和大佬五点钟就会起床，我都要睡到八九点钟。大姥见我睁开眼，会过来问我饿不饿，还想不想睡：如果还想睡，就吃了早饭再睡；不睡了就起床和他去散步。每到这时我都会想起跟大姥散步时，路边草叶上的露水打在腿上的清爽。我会起床，吃早饭，跟在大姥后面去散步。我和大姥从山上回来，姥姥也从市场回来了，买了新鲜的瓜果、火烧和油炸芝麻团子。姥姥和大姥都爱笑，笑我不管吃什么都是很香的模样。我也会笑大姥，他每次喝牛奶都要把铁锅上的奶皮刮下来吃……姥姥患病以来，我就没见过姥姥笑。姥姥的笑脸变成一把钝刀，挂在墙上等着生锈。

　　我看到准备好早餐的姥姥，面无表情地倚坐在门边，极其困倦的样子。不知她在想什么，不知她能想什么。她见我醒来，让我起床洗脸吃早饭。姥姥像是变了一个人，坐在我的对面看着我吃。我拘谨得不得了。突然姥姥笑了："大外孙很长时间没来住了，昨晚怎么在姥姥家睡觉了？"

　　我点了点头没有作声，喉咙哽咽着没法吞咽。仰头咳了几声，看着黑灰漫布的屋顶，我想这座老房子很快就要倒塌了。吃过早饭，姥姥让我去帮她抱点柴火到屋里，再把门边牛头大的煤块砸碎。我把堆柴火的铁框装满，炉子旁边堆满煤。姥姥家的自来水管容易上冻，我找破衣服把水管包得像胳臂一样粗，防止冰冻。发现要做的事情越做越多，我不想做，只想把姥姥从这里带走。最终，我还是一个人离开姥姥家。她站在门边送我，我能想象到她的样子，不敢回头就走了。

　　姐姐回来了，看似很狼狈，连哭也不哭，面如死灰。父母撒气，辱骂她。她像木头人一样坐着，保持着与她往常完全相反的沉默。她脸上露出大义凛然的神情，让我感到恐惧，怕她做出傻事。这是将死之人表现出对死亡的漠视。我想她同我一样，生下来就不畏惧死亡。这听起来很奇怪，我也说不清这其中的道理。

　　姐姐为什么回来？在这段日子里她遭遇了什么？我们都无法知晓详情。她除了满脸倦容，脖子还上多了一朵玫瑰花文身。文身很鲜亮，花茎隐藏在衣领下，花瓣展露在外。我一直觉得姐姐很有审美品位，就像这朵花。母亲不会放过姐姐身上的文身。她站在道德的立场，将这朵漂亮的玫瑰批判成淫荡不自重的标志。面对母亲这样的羞辱，姐姐依旧沉默不语。恍惚之间，我觉得这玫瑰并非外力刻的，是姐姐一夜悲哀过后自然催开的红花。

至于这悲哀，不单是痛失爱人，还是姐姐身上的伤疤。如果不是她浴后穿着露肩的衣服，谁也没发现那一指长的伤疤，像一截蛇的尾巴。我问姐姐伤疤是怎么弄的。姐姐没有说明原因，让我不要告诉父母。我问她是不是男人弄伤的。姐姐却答非所问，说那个人已经死了，计较这些干什么。我问那个男人真的死了吗？她说，世上的男人都该死。

姐姐整日的沉默，让我和她共处的小房间变得密不透风。为了让姐姐打起精神，我时常勉强自己，与姐姐谈论小时候的趣事，甚至是我们打架的事也很欢乐。只有这样姐姐才会感兴趣，同我说上几句话，可最终都是在姐姐凄惨的笑声中尴尬结束。

下了一夜雨，快天亮时开始电闪雷鸣。姐姐面对着一盆仙人掌，在窗边坐了一宿。我睡了一觉醒来，嗅到房间里淡淡的香烟味。一道闪电横在窗外，把姐姐瘦弱的肩膀从黑夜中剥离开。听不到姐姐的哭声，但我知道她在流泪。房间里微潮的空气，不知是不是她的泪水蒸发所致。我想姐姐一定在思念"已经死去"的那个人。

我不想窥探姐姐的内心，也无从猜测，却不知不觉地陪着她一直到天亮。天亮后，雨仍旧在下。听到父亲上班关门的声音，姐姐动了动身体。

"你也一夜没睡吧？"姐姐突然问我。

我有些不好意思，羞怯地应了声，紧接着告诉她我要睡觉了。

等我再次醒来，姐姐已经不在窗边。不知怎的，我察觉到房间里面的布景发生了变化，可又说不好哪里不一样。当我发现姐姐挂在台灯上的深红色水晶耳坠不见了的时候，姐姐的物品也瞬间全都不见了。恐慌占据思维，我从床上跳起来，本能地向窗外望去。花盆里残留着烟灰。我开始寻找姐姐带回来的红色皮包，我发现那个皮包和里面的衣物仍旧在。我重新审视房间里的物品，姐姐的物品如春笋般一件件冒出来。墙上的衣物，桌子上的化妆品，高跟鞋和几大箱子杂物。我喊了几声姐姐，无人应答。

下午一点多，又下起雨，我撑着伞无聊地在路边的树下散步，等着家人回来。

大概是阴天的缘故，天色不明不暗，让人心情很不舒服。到了傍晚，父母和姐姐才回来，他们带姐姐相亲去了。

相亲地点约在河边的一家咖啡馆里。在山城这里，咖啡厅之类的地方可以算得上大雅之堂。那家咖啡馆挂羊头卖狗肉，明里叫作咖啡厅，实际上就是不露天的大排档。但凡对这个小城有一点了解的年轻人，都知道这家咖啡厅的底细。如果不是想捉弄被请的人，不会有人把约会地点定在那里。还不如隔壁的饭店，好歹有"鱼吃羊"和"蚂蚁上树"这两道徒有虚名的菜品，摆到桌面上还算得上是不错的宴席。跟姐姐相亲的男士，生活非常封闭，他对这些一无所知。听说，他是乡下长大，在乡下读书，如今在乡下的工厂里做工。

晚饭，姐姐一言不发，她的神情有所变化，若有所思。饭一口一口填进嘴里，像是塞进鼻孔一样尝不出味道。父母不顾姐姐的情绪，一直在谈相亲的事情。从他们的话语间不难听出，他们对未来的女婿还算满意。总之一句话，老实巴交的乡下汉子。

父亲把"老实巴交"几个字咬得很重，故意说给姐姐听，是在重申他对之前那位不老实巴交的男人十分不满。母亲把男人的工资详细审查过，据说他不吸烟不喝酒，也没有朋友应酬，一个月的工资全都可以交给姐姐，夫妇俩的吃穿用度不用愁。男方的父母各自有工作，还可以贴补一些。

他们谈论姐姐的婚事，却不见姐姐参与其中。我总觉得这事有些蹊跷，不对劲。

"你们也不问问姐的意见。她不愿意，你们说出花来也没用。"我提议。

"我倒是想问问她愿不愿意。见了男方一家，她倒矜持起来，一句话也不说，板着脸不知道有什么深仇大恨。她忘了当初带别人回来是什么样了。"母亲说。

"男方条件不如咱家。比上不足比下有余。"父亲说，"也得掂量掂量自己几斤几两！"

　　不知姐姐吃饱了还是听不下去，压制着情绪，将碗筷轻轻放下，起身回了房间。我也紧跟着进了房间，只为跟在她身后我可以把门轻轻关上。姐姐没有开灯，坐在她昨晚坐的窗台那里。我突然对姐姐和那个男人之间发生的事情更加好奇，问了多次，都被姐姐铁青的面孔顶回来。

　　随着姐姐的出嫁，这样的机会更加没有了，成了永远的秘密。想必父母是知道的，我却不想从他们口中得到答案。

7

　　万懿好几天没有上学，我也好久没见过他。每次经过万懿班级门口，我都会望一眼他的座位。他坐在第一排正中间，是成绩数一数二的人才能坐上的宝座。座位空了好几天，堆满了试卷，十分荒凉。

　　没几天，桌子上的试卷被谁收走，荒凉变成荒芜，好像万懿已经死了，永远都不会回来。又过两日，桌子上又堆满试卷。我不知道为什么这么急切地想要见到他。万懿无故不来上学，带给我的不仅是孤单。

　　他在的时候，我们也不是每天见面。放学无意间碰到，他一个人回家，我也一个人回家，我们会结伴而行。只要他身边有另一个人，我便不会和他一起走，他也不会邀请我同行，打个招呼就散了。对于这种事，我没有什么不满。在万懿看来，他有三类朋友，一类是学习上的伙伴，一类是玩伴，还有一类是无关紧要，但又必不可少、接近战友的好朋友。我很荣幸成为最后一类中唯一一个人。

他说，仇也好恨也罢，成为一个人独一无二的另一个人，都该感到幸运，并为自己庆贺。

我问了他的几个朋友，都说不知去向。有的说生病了，有的说家里出了什么事。我也有给他打过电话，手机却始终是关机。我还发现，放学的校门口也少了一个人——万君。以前他每天放学一定会在校门口，跟其他混混聚成一堆，卷起衣袖或是裤腿，歪着下巴叼着烟卷，那样子好像只要迈出校门半步，言行就不再受老师辖制。事实并非如此，遇到老师提前下班，如果不是他的任课老师，他顶多捏着烟头遮在手心。如果是他的任课老师，不管剩了多长的烟，他都会扔在地上踩灭。

他做这些事的时候毫无怯弱慌张，这些举动都是在他扬起下巴，用眼皮看人的神态下完成的。因此，他的适当收敛会给人彬彬有礼的感觉。事实证明，这是对的，老师得到尊重，多数情况不会理会他。即便偶尔老师会善意提醒，说年纪轻轻不要吸太多烟。这出于人性关怀的话，对于万君这样挑战学校制度的人来说，是有一定说服教育的效果。如果对万君说"学校三令五申不许抽烟"诸如此类，会适得其反。

两兄弟都不上学，我猜他们家里出了什么事。一旦某个猜测进入我的脑海，我不感兴趣便罢，可关于万懿的事情，闹得我几日不得安宁。

在此之前，我并没有友情的体验，也不知道可以维持一生的友情该是什么样子。对于我来说，万懿是我友情的探路石。

我想占有他的友情，又在我们之间做着危险的实验。比如我明明不缺钱，却要向他借钱。有一次看到他在球场上受伤，很多人去帮他，只有我眼看着他默默离开，只为试探他会有什么反应。

如果学校开设关于友情的课程，我一定去参加。别人参加是为了学交友技巧，我只去体验。去体验朋友关系究竟是怎样的关系，拥有什么样的感受。这样我就会从中得到满足，不必将它付诸行动。我的人生不需要任何实际的情感，只是作为人类在这世上，我需要具备人类共同的情感。无论是从书中还是电视里，能让我获得类似的情感就足够。

我深谙此道，不必非要亲自尝试那些世事，以及复杂多变的情感。我只要听别人描述，画出毫无意义的生命，将它交给赐予我肉体生命的幕后指使者。这是一份生命答卷。我的毫无意义，仅仅是他的乐趣。就像小的时候抓来知了，系上绳子，牵着它转圈飞，用它的无意义换取我的乐趣。

如此看来，我的生命和知了的生命一样轻。

再见到万懿才知道，他缺席是因为生病，父母带他回老家看病去了。万君是纯粹的逃学，他也随着万懿的回来开始出现在学校。万君开始不经常抛头露面，略显城府，成为幕后黑手之类的人物。他除非去厕所吸烟，否则不会在下课出现在操场。他在教室里透过窗户向外探望，一言不发。听他同学说，一旦万君陷入沉思，或是看什么看得入神，神情让人不寒而栗。神情里有狮子、有鳄鱼，这早就在校园里成了人尽皆知的秘密。同学们在背后称他为野兽，是凶猛和杀戮丛林的王。

万懿身体一直不好，每隔一段时间，他的身上就会有中药的味道。他也说不清楚究竟得了什么病症。中医上说是寒症体虚，他看上去确实是体弱多病的模样。男人的皮肤白得露出鹅黄色，多半是多病体质。他看过很多医生，中医西医都有，最后他父母选择中医调理，因为他毫无病症。

他向我说明那些天都做了什么，说他没有心情联系我，看到我很担心，他很欣慰。那日放学，万懿请我到校外的餐厅坐了坐。

万懿详细向我讲他这几日无聊的看病经历，可在我看来，这样波折的看病经历也是很有趣的。他说他回来的时候，父母带他去上海、杭州那边游玩了一圈，还给我带回来个礼物，不过被万君抢走了。

"真不公平，一个娘胎里生出来的，同一时间发育成长，偏偏我就是体弱多病，万君却是身强力壮的那个。"万懿说得有些激动，"不知是我妈的卵子偏心还是爸爸的精子偏心，生下两个体质不同的双胞胎。"

"这种事情抱怨父母有什么用，应该抱怨造物主。或是像韩湘子骂天三声，没准能飞天升仙。"我说。

"你这人没正形，我认真和你说话呢。"

万懿咳了几声，我那些宽慰的话始终没能说出口，成了我的心病。

"你知道我为什么这么恨万君吗？"万懿第一次在我面前

如此坦率。

"明明是双胞胎，却有那么多不公平。"他说，"譬如吧……"

他思索着，没有说出所以然。他嘴里衔着麦管不停地点头，在心里算计了什么，然后看看我，似乎在问我是否明白了他的意思。我也跟着点头，表示已经明白了。

"你们是亲兄弟，何必为无法改变的事实怀恨在心？况且人各有长……"

我本是好意，却中伤了万懿，他不高兴地放下喝掉一半绿色果汁的杯子。

"大家都是一样的哭啊笑啊，谁瞧不起谁啊！"万懿声音很大，冷饮店里其他客人都看向这里。我羞耻地低下头，抱怨他轻狂，感到从鼻腔里涌上来呕吐感。

"我并不觉得万君比我强，他除了会打架。"万懿说，"还知道些别的吗？连化学方程式还要当成英文简写来读了吧。"

我察觉到他对万君怨恨的症结。

"很久没看到万君的女朋友了。"我说。

"是吗？我没发现。"万懿说，"没想到你对这种事观察得如此细致。"

"才不是。谁不知道一放学就能看到他们搂在一起。"我进一步强调，"不需要刻意去关注，我恨万君还不够。"

万懿笑了："你紧张什么，我当然知道你恨万君，不然我们怎么能成为朋友。"

　　走出冷饮店，我习惯性地对着黑夜深呼吸几口。学校没有一点光亮，窗户如同剜去眼球的空洞眼眶，望向前方的荒山。它坐落的地方视角比我开阔，但我想，它跟我一样看不到什么。前方和未来都是不存在的。如果真的存在，它在哪里，在变成历史的刹那吗？或许所谓的未来只是一刹那。

　　我和万懿往家走，要下一个山坡。山坡上只有这所学校和两排店铺。学校前几天组织学生，在道路两边泥土裸露的地方种了格桑花和彩叶草。连续几天太阳暴晒，不见一滴雨，刚移植进土里的花几近枯萎。我拿出背包里的水壶，还剩了一点水，浇在已经含苞待放的花根上。

　　"没用的，再不下雨照样得枯死。"万懿说，"你那点水还没到花根，就被泥土吸收了。"

　　我会在夜里放松警惕。如果我是东非高原上的跳羚，这是致命的。放松警惕，精神会变得愉悦，我们聊了一些轻松愉快的话题。我说他不在的时候，我经常看他的座位。座位上一天就会堆满试卷，第二天早上被清理干净，晚上放学又堆满试卷。

　　万懿说他早上上学也吓了一跳，试卷足有半本书那么高。如果不是缺席，从没意识到短短几日竟完成了这么多试卷。

　　"没想到你会挂念我，但现在知道了也很高兴。"万懿说。

　　"没什么，我经过任何班级都习惯向里面瞄一眼。"我不喜欢被别人察觉到我的真实情感，这会让情感体验的实验出现漏洞。

父亲到外面喝酒还没回来，母亲吃过晚饭看了会电视就回屋里睡觉了。掌灯之前，家里就没人需要光亮，天黑之后也没人点灯。我想打开灯读书，又不忍心打破黑暗的气氛。刚看完《荆棘鸟》，带着对西方文学的抵触和接受性的失败开始读郁达夫。

一到夏天，小区里乘凉的人很多，说话声音嘈杂。几个妇女笑得特别厉害，孩子在嬉戏追逐，惊声尖叫不停。不知谁抱来一只狗，狗也开始叫个不停。我在房间里无事可做，靠着一堆衣服躺下，不知不觉睡过去。

我第二次进入白云驿，比上一次顺畅很多。它像是梦境展开，但我一再强调，这绝对不是梦，就像闻到迷魂香就会睡着了一样。是否与灵魂有关，我无从得知。

那里是夜晚，四下漆黑一片，小木屋里亮着一盏蜡烛。我循着烛光走出松林。不知为何，在这样空旷的环境下，我丝毫不觉得恐惧。我在猜测烛火是谁点的，却没被这个臆想的人惊吓到。

接近木屋，四下看得都不清楚，路却异常平坦，不必担心坑坑洼洼得会绊倒。再一次迈进奇怪的松树排列而成的小院子，我像回到自己家一样高兴。

我像喊母亲一样喊了句"有人吗？"无人应答。我挑开小松塔的帘子进了木屋。还像上次一样，屋子是空的，只不过多了一张木桌和一张木椅。两件家具做工十分精巧，外层涂得黄蜡晶亮透明，让它们看起来如同宝玉。桌子上有一盏铜烛台。烛台不是新的，底部已经有些返青。烛火笔直地向上燃烧，我才意识到，这里没有一丝丝风。按理说，屋后河水流淌，多少会带起一丝气流。还有我的鼻息和体温，也会产生使烛火震动的气息。可这一切都没有发生，哪怕是灯罩罩住也不可能有这样毫不动摇的烛火，宛如桀骜的鹤，直冲云霄。

烛火的形状很奇特，不是圆形，接近圆形。那形状似曾相识，但世上少有这样不太标准，却又难得的标准的形状。我想了半天都没有想到，看着烛火出神。

在乡下，有一年遇到风雪天气，大雪压断了电线，全村断电。母亲找出以前供桌上剩下的半根蜡烛，蜡烛点燃之后，火光一刻不停地跳跃，幅度很大，像摆动的橘红色裙带。

我奇怪为什么门窗都关得很严实，感觉不到有风，可烛火还是在跳。我问母亲。她说有人的地方就会有气息，有气息就有风。这答案不能让我满意，我又问姥姥。姥姥说，这是因为屋子里的人太多。我疑惑不解，屋子里只有五个人，怎么还多呢？姥姥说："屋子里可不止五个人。这么冷的天，山上的人也冷，全都跑回家来取暖了。我们五张嘴吐不出多少气，几十个、上百个人对着蜡烛说话，可是一股子不小的风！"我不知道"山上的人"指的是谁，问姐姐"山上的人"是谁。姐姐翻了翻眼睛，说道："去世的人！"

从那晚之后，我养成抱着母亲胳膊睡觉的习惯。

此刻，烛火一动不动，我更加安心，这里除了我没有任何人，连"山上的人"都没有。

我坐在椅子上，闭着眼睛倾听屋后河水流淌，没过多久就开始觉得无聊。我总是盼望一个人独处，远离嘈杂，或者根本不需要听到人语。可如今身在只有大自然声音的世界里，我也会觉得不适。

我敲了敲桌子，轻声咳几声，故意制造声响。

我想测试一下，这究竟是不是梦。我努力想着让自己醒过来，或是听听睡着之前窗外的各种声音。我侧着头使劲地听，什么声音也没听到，依旧是清朗的流水声。我很高兴这真的不是梦境，可又沮丧于不能控制自己在这里和那个世界自由来去。

我向窗外面望去，漆黑一片，好像窗户上糊了黑色的纸。走出木屋，外面虽然也黑，但远处山的轮廓可以清楚看到。

人们不会被白天的太阳光打扰到，却会被黑夜中的一丝光亮扰得无法睡眠。木屋里的烛火，让我无法专注于远处的黑暗。我想把烛火吹灭，可又没有可以点燃蜡烛的火器，只能把它藏起来；却又无处可藏，无论是桌子下还是椅子下，屋子依旧被照亮。木屋像一盏巨大的灯笼，立在原野之上。尽管不是耀眼的明亮，我相信站在最远处的山上，依旧能看到这里的光。

烛火实在是让我无计可施，移动的过程中，烛火依旧纹丝不动地向上燃烧，好像我使出浑身解数，也不能把别人逗笑，有些沮丧。我实在没办法，将烛台拿到屋后。只有这样我才能不被烛光打扰到，但是在我心中，烛火还是亮着的，让这黑夜无法纯粹。

月亮升起，并不圆，却也算饱满。我躺在潮湿的草地上，看着漫天繁星，心情无比欢畅。星星似会瞬间移动，眨眼之间，亮着的好像灭了，原本漆黑的间隙里又张开眼睛。我就这样不断地眨眼，隔着光年，和古老的星辰逗戏。云慢吞吞地飘过来，变化形状，像巨大肥硕的龙头。龙角、龙吻、龙须全都有，龙的大眼睛是空洞的。龙头的对面飘来形状怪异、什么都不像的一朵云。我脑海中浮现出这两朵云即将战斗的幻想。

眼睛盯着龙头看，却不时有流星从龙头周围划过。我不许愿，只含笑看着这一切。恍惚间睡了过去，做了怪异而又吉祥的梦。

梦里我依旧躺在草地上，淡蓝的天空在头顶。白云飘来，从云里面窜出一条金黄色肥硕无比的鲤鱼。鲤鱼游得很慢，摆动尾巴好似有千斤巨力。它一半身子被白云遮蔽，只露出头和尾巴。它向上一跃开始翻身，每一片太阳般金黄的鳞片闪着耀眼的光。看到它翻身我更加兴奋，竟然也像在什么外力的助推下开始翻身，不过我是要向天空掉落似的翻身。

等我醒过来，后背已经被露水浸湿。我来到屋后，捧着烛台去河边站了一会，月亮的银辉洒落在河面。河面微波起伏，像拥挤不堪的鱼群顺水而下。悬崖下面的树林绿得发黑，同远山一样，只能看到轮廓。平原草滩从我脚下一直蔓延到山顶，我无法猜测这里究竟有没有尽头，或者尽头连接着另一个世界。

我被母亲叫醒。父亲喝得烂醉，被人送到楼下，需要我和母亲去扶他回家。我们来到楼下，父亲烂泥一样靠在另一个人的肩上。那个人是父亲的同学，经常在一起喝酒，父亲逢喝必醉。不知道为什么今天醉得这么厉害。那个人也醉了，不过四肢还能控制。我扶着父亲，母亲把他送上出租车。父亲个子不高，也不胖，可喝醉了的父亲足有两百斤似的。母亲当着街坊邻里的面谩骂，粗鲁地抓着父亲的腋下向楼上拖拽。母亲的力气很大，她一个人就可以把父亲弄回家，我只在后面捡父亲掉落的皮鞋。父亲喝醉了，不知能否听到母亲的叫骂，或许听到也无力骂回去。

父亲刚一进家就开始呕吐，吐得衣服和地上到处都是。我不理会，回到自己的房间将门锁上。

"要死不死在外面，回到家里折磨人……"母亲边哭边骂。

我闭着眼睛希望自己睡过去，再一次进入白云驿。我没有马上睡着，也没有进入白云驿。姐姐回到以前的地方工作，我有些想念她，默默流泪。母亲骂累了，家里安静下来，只听见窸窣拖拽的声音。我闭着眼睛，突然想到电视里杀人犯拖拽着尸体想要藏起来。我猛地睁开眼，黑洞洞的天棚出现一张鬼脸，瞬间就消失了。我拉开房门偷偷张望，父亲躺在沙发上，身上盖了条毛毯。脖颈和地上的呕吐物被母亲收拾干净。母亲的房门也关上，此时的家分割成了四份，一份在外，另外三份每个人占据着一块空间。

　　看似空气是相通的，就连远处的姐姐也在这大气层之下，可我却觉得这四份是完全封闭的空间，像不相关联的单个岛屿。

8

姐姐结婚后不久，姥姥就去世了。

或许这种说法有些不妥，好像姥姥的去世跟姐姐有关系。这样的时间顺序，怎样安顿都不合理。姐姐总要结婚，姥姥也总会去世。

姥姥离去的方式让我至今无法释怀。人的死法有很多种，我唯一不能接受的就是"惨死"。至亲却是以这种方式死去，我心中充满怨恨。怨恨的并不是别人，是我的亲人们。

姥姥无故走失，再以各种各样的方式回来，这已经成了家常便饭。亲人得知姥姥走失，也不再像以前那样大惊小怪，每次都很着急，心中却始终有一个"她会安全回来"的奇怪想法。

有一次姥姥两天两夜都没有找到。我们心力交瘁，几乎要为姥姥安排后事。一个电话打给二舅，说了姥姥现在在哪里，让赶紧去接。

打电话的是姓胡的牙医，医术高明，在十里八乡很有名气，有很多城里人都慕名而来。他是个患小儿麻痹的瘸子，牙科诊所就开在他乡下的家中。下房是诊所，上房是他的住所。胡牙医不仅医术高明，长相也英俊，只可惜残疾。他五十多岁，看起来很有精气神。

姥姥在他这里镶过牙，不知道怎么就走到了那里。胡牙医的妻子发现时，姥姥正坐在门外的砖堆上，手里握了几个熟透了掉在地上的烂杏。

胡牙医虽然腿脚不便，但是十里八村的大事小情，以及邻里乡亲他都知道。来他这里看牙的人，会把他们村里发生的事情都告诉他。他就像诸葛亮一样，足不出户尽知天下事。他一眼就认出姥姥，很快对上了姥姥儿子的名号。牙医妻子回家盛了些饭菜给姥姥吃，再去打听舅舅们的电话，这才找到二舅。

母亲照例劝告姥姥不要到处乱走，缺什么就跟邻居说，邻居会转告母亲。姥姥似懂非懂地答应，眼神依旧空洞无神。姥姥的七窍散了五窍，只剩下两窍在支撑她的行动。

我问姥姥为什么要到处乱走，姥姥说要去找人。我问找谁，她说要去找她兄弟，还有女儿。姥姥的兄弟早就去世了，活着的时候也一直在甘肃酒泉生活。她有两个女儿，大女儿年轻时病死了，二女儿是母亲，此刻就在她眼前。

母亲闻听此话又是一场痛哭。母亲对我说："她不是找我，肯定不是找我，是找你大姨。你让她去，看她活着能不能找到。"说着就拉着我向外走。

姥姥也不挽留，也不解释，眼睛一直盯着电视看。

七夕节，母亲一早就拉我起床，去买了一些菜肉，准备去姥姥家。阴历七月初七是姥姥的生日，中午舅舅们会来吃饭。路上，母亲回想起姥姥去年生日，非说酱油是可乐，当时大家都一笑而过没有在意。现在回想起来，那个时候姥姥就已经糊涂了。不过知道得早和晚结果都是一样的，无计可施，无法治愈。

来到姥姥家，所有的门都是开着的，不见姥姥。母亲预感姥姥又走失了，可以往走失都是关着门。这次门却是开着，也许是去附近散步去了。我打电话让三个舅舅早点过来，以防姥姥真的走失好早点去找。舅舅们陆续赶来，还不见姥姥回来。

中午下了一阵急雨，天气转晴，开始闷热。一桌子饭菜已经被苍蝇嗅了个遍，无人动筷，也没人觉得饥饿。大家都急得团团转的时候，母亲的电话响了，是我家邻居打来的。邻居说楼下有个老太太在喊母亲的名字，喊了很久了。

回到家，几个邻居陪在姥姥身边，她身上淋了些雨，头发也十分凌乱。母亲抱住姥姥大哭。这是我第一次见母亲和姥姥有如此亲近的举动。母亲像个孩子，抱怨姥姥不打招呼就来，而后又是让我心碎的痛哭。我看出母亲神情里，有姥姥要找的女儿是她的幸福感。等母亲不哭了，她搀扶着姥姥回家，神情变成担心失去的惊恐。

母亲更加害怕失去她的母亲，好像她和姥姥做了这么多年母女，现在才最需要这个已经傻了的妈。姥姥在家里住了几日，母亲一刻不离照顾姥姥。母女二人在这几日没有吵过一句嘴，姥姥有时什么都不说，只看着母亲傻傻地笑。我知道母亲从姥姥身上得到了久违的母爱。幸福降临到母亲的身上，她却是用哭泣代替微笑。

母亲开始上班的第一天，下班回来，反锁在家的姥姥把家破坏得像个垃圾场。排泄物抹在地板上，屋子里恶臭熏天。母亲不得已又把姥姥送回她乡下的家。母亲预感姥姥时日不多了，找来三个舅舅，想让他们轮流抚养姥姥。她在亲兄弟那里碰了一鼻子灰，三个舅舅以相同的理由拒绝了母亲——家中无闲人，无法照看。

姥姥再一次过上时常走失的生活。听说最后一次，姥姥活着回来，却死了一半。

姥姥不知什么时候离开了家，一直在外流浪到深夜。那时姥姥没有恐惧，也没有痛苦。黑暗对她来说不算什么，和白日一样，只是看不见路，容易摔跤。像往常一样，她要走，要寻找，没有方向地寻找。

走在没有路灯的乡下马路上，突然，前面出现两个比太阳还要亮的车灯，姥姥正用手遮挡眼睛的瞬间，飞驰而来的货车将姥姥撞飞落地。姥姥再也没有清醒过来。

开车的是去乡下收购蔬菜的商贩，和三个舅舅素日有来往。车祸这件事不了了之，那人出了少许医药费，并没有惹上什么麻烦。家人拿出久违的慈悲原谅了他，可能会心说，反正姥姥也是个命不久矣之人。

　　姥姥在医院住了几天，接回大舅家，大舅母照顾了几天就去了。姥姥昏迷期间，我去看望过几次，无论谁去看望，不管怎样叫她，她都毫无反应，眼球偶尔动一下也不是看向叫她的人。每天打点滴，姥姥的身体开始浮肿，假牙摘了，相貌也变了。明知回家就是等死，亲人们都说别再打点滴了，让姥姥少遭点罪。

　　葬礼在大舅家办，院子里搭起灵棚。灵棚下是红漆棺材，里面摆放着姥姥的尸骨和寿衣。葬礼上，只有母亲一个人在哭，姐姐们只在动情或是必要的时候才会哭几声。那是一场寂寥的葬礼，以至于没有那么强烈的因生命逝去的悲痛。

　　葬礼结束，关于死亡的仪式并没有结束。那天晚上，每个人都喝了很多酒，母亲也不例外。母亲在葬礼的那两天实在是太累了，喝得不算多却也醉了。可是最后，三个舅舅和母亲还是大吵了一架。二舅扬言，呵斥母亲说，姥姥去了，她以后别再回娘家，她没有娘家了。三舅母见此情形愤然离开，扔下一句让我的心足以为之颤抖一生的话：这一家子，没有一个是人。

　　这句话只有倚在门边哭泣的我听到，屋里已经吵翻天。我想如果我有力气，或者有勇气，我会让他们付出代价。可我什么都没有，流泪也不敢让别人看到。

　　我坐在院子里，院子因为葬礼变得狼狈不堪。四下散落着黄纸和纸车马掉落的彩带，却没有一点关于姥姥的痕迹。姥姥的笑声落在哪里，哭声落在哪里，叹息声落在哪里，我怎么也找不到。如果死亡是结束，也该庆幸，只怕死亡是另一种延续。不知道姥姥的灵魂是否随着傍晚焚烧的车马升天。如果乘着那样漂亮的神牛神马升天，也是一件乐事。如果姥姥的灵魂没有随着仪式离开，依旧像活着的时候那样糊涂、不省人事，在荒野四处游荡，或者姥姥的灵魂早早就登上望乡台，只等待肉体的死亡——她正看着子女在争吵，他溺爱的儿子们在欺负她的女儿，如果是这样，死亡不能意味着什么，痛苦在持续，快乐也会持续，没有什么随之结束。

如果死可以摆脱疾病和痛苦，我宁愿让姥姥选择死亡。但不是以这种方式，这样的惨死于情于理都是不幸。

姥姥去世后，和母亲一样悲伤的还有父亲。父亲是个人尽皆知的孝子，可惜爷爷奶奶去世早，他没有尽太长时间孝道。他一直把姥姥看成亲妈一样，不过他从来不称呼姥姥为妈，而是从一个亲戚那里论辈分叫她三姨。母亲孝敬姥姥的行为，他从来都是支持的。姥姥以这样的方式去世，让父亲难以接受。他酒后指责母亲，说她不孝，没有尽到女儿的责任，没有让姥姥善终。父亲的话加剧母亲的心痛，母亲却无力反驳。面对母亲的隐忍，父亲不知退让，更加苛刻地指责母亲。结局就是以一场战争来解决另一场战争。

作为打扫战场的人，我只有在战时躲到一边，最好连刀枪碰撞的声音也不要听到。我跑到外面去躲避，陪着我躲避的人是万懿。

每次我都不会告诉他我从家里跑出来的真实原因，他也很少问。我们互不干涉私生活的默契，这也是维持我们之间友谊的一种方式。

那天我从家里出来，带上书包，准备在外面躲一夜，天亮直接上学。父母已经喝得烂醉，不可能注意到我不在家。

万懿问我为什么连书包也一起背出来了，我说我今晚不打算回家。话刚出口，我有些后悔，担心万懿邀请我去他家住。我既不会拒绝的言辞，又不想去他家。原因很简单，那是个陌生的家庭，我连亲戚家都住不惯。除了自己的家，只有姥姥家才能住得来；其次，那既是万懿的家，也是万君的家。

万懿没有邀请我，他思索片刻，对我说："我今晚也不回家了。"

"要陪我在大街上蹲一夜？"

"当然不是，要找个地方住下来。"

"我出门前没带钱，你带的钱够吗？"

"没关系，你跟我回一趟家，顺便帮我撒个谎。我拿了钱就可以出来住。"

我和万懿去了他家，我没有进他家门，在门外等候。没多久，万懿带着他母亲出来，她操着浓重的南方口音，问我万懿今晚是不是在我家里住。我点头说是，万懿的母亲就放他出来了。我这才深呼一口气，庆幸全程没有看到万君。

我问万懿今晚去哪住，他说去了自然就知道。

"到了。"他说。

眼前是名叫"浅水湾"的洗浴中心，"今晚要在洗浴中心里？"

"对啊，就是这里，你来过？"

我摇头。

"你知道吗，万君的女朋友崔伊，和万君就是在这里认识的。"

"真的？崔伊在这工作？"

"我不确定。我们第二次来这里，万君中途出去一会，回来就把她带来了。"万懿说，"你知道这能说明什么吗？"

"不知道。"

"说明万君一定背着我来过这里，才认识了崔伊。他却说只和我来过，他在欺骗我。如果你的兄弟欺骗你，你会怎样做？"

我想了想，姐姐没欺骗过我。只有一次骗我说雪碧的瓶子里装的是雪碧，我喝了一大口却是白酒。

"我会用同样的方式欺骗她一次。"我说。

万懿笑了："原来你也是有仇必报的人，难怪为了三百元钱和万君结下了仇。"

他的话让我感觉受到侮辱，只有我知道我对万君的仇恨，不仅仅是那三百元钱。在那一刻，我发现潜藏在我内心深处的秘密，我为什么没有对母亲殴打我的行为产生怨恨，是因为我对母亲的依赖，不容许我怨恨她。好似鱼怨恨海洋，等待它的就只有愤然跳到岸上，干渴而死。

"你不觉得崔伊挺美的吗？"

万懿突然说出这句，让我咋舌。

我大概猜到了他对万君仇恨的根源。他一再贬低万君和崔伊，却夸崔伊是美人。结论只有一个，万懿喜欢崔伊，对万君怀恨在心。但我觉得这很幼稚。

"我们还是回家吧，这个地方不适合我们。"

"好吧，明天见。"

姐姐婚后第一次回娘家就带来了怀孕的消息。母亲为姐姐做了丰盛的晚餐，本以为女婿也回来，问了才知道女婿不来。父亲有点不高兴，吃饭的时候质问姐姐，为什么不把丈夫一起带来。姐姐说他有事不能来。

父亲发怒："我看就是你太无能，他能有什么天大的事？刚结婚就觉得自己了不起了？第一次不来，以后我能让他进门才怪。"

母亲想压制父亲的怒火，却没能奏效。

姐姐觉得委屈，她从相亲开始，心中积攒了太多不满。可是她犯过父母眼中的错误，自己也不能原谅自己。

"当初是谁把男方夸得皇亲国戚一样，好像我非嫁他不可，不然就再没人敢娶我了。现在确实有事不能来，你又说不尊重。你当初把他捧得太高，如今他不把你放在眼里，不也是正常不过的事吗？你数落我有什么用，我现在就给他打电话，你让他跟我离婚才好。"

姐姐不再忍，一番话打得父亲措手不及，不知该怎样接应。

"你怨谁？谁也没逼着你嫁给他，你不也是自愿的吗？"母亲说。

"当初把话说得那么难听，不自愿又能怎样？"姐姐说着哭了。

我想替姐姐说几句，最终还是把话烂在肚子里。懦弱时常让我感到绝望，我眼含热泪看着姐姐，像有一万只手在扇自己耳光。

"你们当初一味夸他处处比我强，现在也应该知道他是个什么样的人。奸懒馋滑样样精通，表面看是正人君子，骨子里都是见不得人的歪心眼。"姐姐说，"幸好婆婆通情达理，能和我一起管管他。"

"你说你婆婆好，就是说我不好？是我把你往火坑里推，你婆婆是在火坑外面救你？"母亲也怒了。

在我看来，母亲的愤怒毫无道理，反倒是她最应该在这个时候理解姐姐才对。母亲和姥姥之间的斗争，多半来自这相似的理由。姥姥责备母亲对父亲的兄弟姐妹好，对自己的三个兄弟不好。母亲稍微给姑姑和叔叔们一点恩惠，传到姥姥的耳中，随之而来的便是姥姥对母亲的责骂。母亲为此受到的委屈不知有多少，常在酒后向我诉苦，对我说，她既嫁到张家，不和张家的姑嫂小叔子搞好关系，以后她还哪有立足之地？是姥姥不理解她，看不到她的孝敬和对三个兄弟的恩惠。

我的心如在热锅上熬煎，我痛恨自己看透了这一切，却无法说出口。或许我将心中所想说出来，这种无谓的争执就可以化解。也有可能毫无作用。然而，我依旧沉默，好像有另一个我命令我沉默。我身为小儿子，天生带着怯弱的神经出生。这神经敏感得如同蛛丝与蜘蛛，无论多小的虫子落网，都会及时被捕捉到。我联想到日后母亲和姐姐的关系，活生生的就是姥姥与母亲的写照。多么恐怖和遗憾，我无法阻止。就像我无法阻止历史的进程，只能一次次地重演。不过是换了装束，从树叶遮体到宽衣长衫，再到现在的西装革履。悲观人群的生活单调地重复，历史中的他们却不觉得厌烦。也没有人能看清，历史在什么地方急转，开始新的起点。

姐姐不哭了，饭局僵到如此地步，也没有继续下去的意义。

"如果不是怀了孩子，我现在就和他离婚。"姐姐说。

父母不再强硬地回话，为此我谢天谢地。

姐姐本打算在家住上一周，结果住了两天就走了，我和母亲去车站送她。我想起婚礼结束时，姐姐送走娘家客人，她抱着母亲痛哭的场景。姐姐随时都可以回家，不必像元妃省亲那样麻烦。这形式上的婚礼，隔断了姐姐作为女儿的一条线，线头系到婆婆家的姓氏上。我能理解，二舅那句说母亲再也没有娘家的话，对母亲造成多大的伤害。

姐姐的孩子出生了，一个女孩，胖乎乎白净净。由于对姐夫的厌恶，我不希望孩子长得像父亲。孩子还小，眉眼五官看不出来到底像谁。我除了祈祷她健康成长之外，就是祈祷她不要长得像她父亲。尤其是眼睛，如果女孩长了个下吊的死鱼眼，不管其他地方长得多么标志，终究是个不受待见的人。

孩子的出生为家里增添了不少喜庆，母亲和姐姐的关系缓和了许多，对孩子的爱重新缔结了她们之间的亲情。

姐姐坐月子一直住在娘家，我腾出房间给姐姐和孩子，睡到客厅。客厅是开放的空间，所有房间的门都朝客厅敞开。我不喜欢这个无限开放的地方，更不消说睡在那里。

姐姐要走了，偏偏下了一场雨，又拖了几天，直到秋雨过后，天气转凉才回去。空气清新凉爽，太阳有几分毒辣，却也只能唬人。小外甥女的尿布晒在窗外，母亲把它收回家，叠整齐装进姐姐的包里。她早上起来闹了一阵子，然后跟照进房间的太阳光玩耍，逗得我们大笑。肉乎乎的小手不断地抓挠着光线，这样简单的动作，在母亲眼中预示着她是个聪明伶俐的孩子。母亲在夸孩子的同时非要加上一句，"一定比她的笨爹笨妈聪明百倍"。姐姐听了也不恼，看着孩子咧着嘴笑。我想，女人生完孩子之后，被撑开的子宫里，是让女人用她所包容的事物来填满的。

吃过午饭，孩子似乎知道要离开外婆家，开始哭闹不止，怎样哄都哄不好。出了家门哭得更厉害。母亲怕自己想念外孙女，非要说是孩子舍不得外婆，也跟着哭了一场。

姐姐走后的晚上，我睡回自己的小屋，我做了一个梦。

梦的场景是在沙漠边缘，四下没有高树，只有低矮的灌木。一只花豹追逐着羚羊从灌木丛里蹿出来，看上去并不是花豹在捕食，更像是在追逐嬉戏。花豹和羚羊通体毛发油亮，它们的肉体没有一点棱角，光滑到用手也抓不住。它们的毛发是暗黄色的，和沙漠浑然一体，只有偶尔略过灌木丛，才能看到它们的踪迹。它们奔跑的速度很快，比从沙漠深处吹来的风还要快。

9

我在窒息中醒来，发现身在白云驿。

这让我更加确信，白云驿不是梦境。我明明是从梦中醒来才到了这里。白云驿的阳光异常耀眼，我缓和了很长时间才睁开眼。眼前的明媚让我瞬间开朗，离奇的梦境早已抛之脑后。

我走出松林，走进木屋。远远看去，木屋和往常大不相同。它既像婚房又像灵房，屋檐上，红白两种颜色的纱布团团围绕。门窗上贴了两个大大的红双喜，墙上也是大喜的福字。屋里的陈设十分怪异，烛台只有一盏，依旧是那盏红烛，烛火还是像以前一样纹丝不动。可屋顶吊着黑白相间的扎花，被风吹着如同麦浪波动。

屋里添了几件家具——方方正正的衣柜，上面画着精致的八仙过海图。一张木榻，上面有炕桌和两个稻草编成的垫子。炕桌上有铜盘，铜盘里摆着方糕——有人去世，家人要蒸一锅这样的方糕，切几块放入棺椁，寓意为灵魂在升天时要闯过七关，其中一关是"恶狗关"，灵魂把方糕丢给恶狗，恶狗吃了方糕就不再拦路，剩下的方糕还可以给奔丧的人充饥。早年间奶奶去世，家里蒸了脸盆大一块方糕，全都吃光了。到了姥姥去世，舅妈也蒸了一大块方糕，除了给姥姥带走之外，剩下的后来全都腐坏扔掉了。我哭着和几个姐姐吃了几块，算是告慰亡灵。毕竟一人独享是孤独的，姥姥一定也不希望为她做的方糕被厌弃，无人品尝。

放烛台的木桌上多了一面镜子，贴着喜字，是婚礼上给新娘梳妆用的。铜镜旁边是一个馒头，上面插了一根筷子，筷子上粘着一张红纸。红纸是空白的，和葬礼供桌上的供品一样。葬礼上，红纸是要写上祭文的。这样喜丧共存的搭配让人不知是什么意思。我仔细观察，椭圆的镜子和白馒头，像一对夫妻，并肩站立。镜子是盖着盖头的新娘，馒头插上筷子是干瘦的新郎。我感觉好笑，不知道是在举行葬礼还是婚礼。是悲情嫁给喜庆，还是喜庆嫁给悲情。或许它们是天生的一对，没有嫁娶，只是把从生到死注定的姻缘完成。

地上散落着红枣、桂圆和钱币，我捡起一颗桂圆吃，苦涩里透着丝丝甜。

走出木屋，发现刚才没注意到，门的两边贴了两张白纸的对联——福喜成双绘美景，驾鹤西去享清静。

屋外的阳光强烈却不灼人，一阵风吹来，草如波浪般从脚下滚动到远方。苇丛和高山变得异常清晰，我能看到山上开着的黄色花朵。天空飘着大团大团的白云，像牧场上堆放着的草垛。白云驿的云永远都是分层的，稀一层厚一层，如同夹心饼干。低空的云在缓慢移动变形，只要耐着性子，一直能看到它飘到很远，形状也面目全非。有时有几朵几乎要掉落的云，站在屋顶就可以触碰到。我很想触碰一下那云究竟有没有棉花的质感，可又爬不上屋顶。如果我爬上被白云环绕的高山，就一定能摸到白云。

没有过多犹豫，我徒步向远处的山走去。高密的苇丛几乎把我淹没，让我看不清前方到底是湖还是沼泽。我担心一不小心深陷沼泽，就没有往前穿越，选择绕路直接奔高山上去。

我爬的不是那座最高的山，它在苇丛的正对面，距离太远。我选择了相对矮的一座，海拔也有一二千米的样子。山坡平缓，同平原一样铺着整齐的草场。四下散布着各种颜色的花，那些高原才有的低矮灌木，像隐藏着的小动物。灌木一丛丛蹲在那里，好像可以瞬间移动，到处都是。小雀从一丛飞向另一丛，叫上几声又飞远了。我闷头爬了好长时间，感觉到丝丝凉意，打了个寒噤，回过头向下望。上山时太阳就已经偏西，此时已经完全隐入天边的浓云之中。天空被照得红一块黄一块，蓝一块黑一块。云层在脚下，一种自豪感油然而生——此刻，我在云端。想起齐天大圣的筋斗云，我也大喊了一声，不见有什么云乖乖飘来。

站在云上可以更清楚地看清云的层次。我大概数了一下，垂直而上的有六七层云。最下面的最厚，最上面的最薄，中间有几根柱子一般粗壮直立的云，如同南天门的擎天柱。苇丛被浓云笼罩看不真实，一定是那里的水汽太重，云层也厚。那里扎堆的云，像是云的古战场，遍布着云的死尸。

远处一团似云像雾的白色气体向我袭来，我本能地侧着身躲避，嗅到沁人心脾的水蒸气的味道。我伸出手拦截水汽，手指感受到清凉，这大概就是云的感觉了。此刻我就身在云中，却如同身在雾里。

我继续向上爬，天色暗沉，却不如在地面黑得那么迅速。我想，一定是我逐渐升高，不知不觉追赶上太阳下落的速度。正想着，西边的彩云消失了，远处的山即将与黑夜融为一体。明月在夜空显现，苇丛上凝结的水汽之云也逐渐消散。肥胖的月牙形状的湖面，在月光下变成镶嵌在大地上的半月。

我向远处望去，银色丝带出现了，银丝带上镶嵌了颗明亮的珍珠玛瑙。那里就是木屋后面的河流和木屋，我不知道那条河的名字，给它起了个白龙的名字。刚想起白龙的名字，只见河面蒸腾起巨大的水汽。经过一阵风，水汽凝结疏散，化身成修长俊硕的白龙，冲天而上，窜入云霄。

这个世界是有神明的，只有神明才配住在这里。而我这个人类不知得到哪位神明眷顾，误闯到这里。我向星空祈祷，让我把眼下的景象印在脑海中，下山去了。

还没回到木屋，一朵云从天而降，伴着阵阵仙乐将我包裹其中。我又回到母亲所在的世界。清晨的闹钟响起，我关掉闹钟，起床直腰，像是真的爬了一夜山，浑身疲乏。

洗脸的时候，无意看到镜子里的自己。尽管每天洗脸都会照镜子，我却好像从没见过自己一样陌生。对自己相貌的记忆，早已沉入千万个人的相貌的大海之中。在这方面，我的相貌并不是我的，它是属于别人的，在别人的眼中。我同别人一样，只把相貌这个具体的物象虚化后，装进记忆里。因此，相貌不忠诚于我，它不像其他器官那样，供我时时刻刻使用。它可以在不同的情境下背叛我，有时我察觉不到，它会和别人的眼睛一起，将我暴露，公开我的秘密。故意扮得丑陋，让别人在心里嘲笑我，它恬不知耻地将别人虚伪的笑容纳入囊中。咀嚼之后，吐出蚕丝一样的柔软的笑脸。我一直讨厌自己丑陋的相貌。它覆盖在我五官之上，我只能对它视而不见才能接受自己。尽管我的忽视不能让它的背叛有所收敛，也不能让它认清自己的丑陋，至少我眼眶中照射出来的，是难得的清静。

此时，我也像天上的月亮看到地上的湖光一样诧异。额头上的三条横纹和三条竖纹，比我从娘胎里带出来的五官更先被我看到。我厌恶，却捕捉不到丝毫清静时定义自己的美感，我只能无助地望着自己的眼睛。我在看我也是在看别人。

我发现眼球上被母亲手指点出来的红色淤血，形状和白云驿中的烛火一模一样，近乎圆形。这让我有点高兴，仔细看了看，似乎看到它在燃烧。闭眼，眼眶会将火扑灭，睁开时再一次燃烧起来。我明白那烛火为什么纹丝不动，是因为我的眼睛，我的视线坚定，不会为风所动。我猜想那烛火一定是吹不灭的，只有等到我死了，它才会永久地灭掉。

与万懿比起来我是丑的。不，不能这样说，这样会把无辜的万懿拉近丑。万懿不算是风流潇洒之类的人，他身上有英俊儒雅的气息。我在他身边总会感觉到无所适从，不知该怎样面对他的样貌。我说过，相貌会背叛我。我和万懿在一起，它背叛我的方式就是时刻提醒我，要注意说话的神态，以及微笑的尺度。另一方面，它又在时刻提醒我，一切规避的徒劳——无论我怎样努力，也成为不了万懿美的陪衬。美并不需要陪衬，它是独立的存在。

这让我想到斯巴达克斯，那个英雄，那个英勇魁梧的男人。他的美，究竟该怎样理解。

相比万懿的美貌，我更能在万君的容貌里找到亲近感，尽管他只是黑色的万懿。在他身边，皮肤暗黑的我除了感到无时无刻的压迫感，还会有隐匿在他黑色皮肤中带来的安全感。万君那纯色的黑比黯淡无光的我富有质感，更接近美的色彩。造物主造物的时候遵循自然规律，其中自有它的道理。我无法想象，让万懿和万君交换肤色后的滑稽场景。如果让黑白共存于一体，那是造物主失职。在这方面，我对自己丑陋的外貌有了些许原谅，我糟糕的性格和木屑腐烂发酵后的人格，与我的长相是匹配的。

中考过后漫长的暑假，我和万懿只见过几次面。他约过我几次，我也约过他几次，每次都像例行公事，说到没话可说，做到没事可做就散了。

一天夜里，天气闷热，我睡不着觉。父母早早睡去了，父亲依旧是在十二点起夜，喝了一大杯水后又睡了。他的鼾声再次响起，我的手机收到万懿发来的短信："我和一个女生在一起了。"

我问对方是谁。他告诉我是崔伊。我想问他一些细节，他说困了要睡觉，约定我明天出来见面。

我们约定的地点是近郊河边，一棵大柳树下，那里没有人迹，适合说私密话。我到了河边，在河里洗了把脸。清冽的河水让我想起白云驿的那条大河，比起来，这里的河简直是丢弃在市郊的破布条。河底的圆石以及絮状的墨绿色水草清晰可见，半透明状的鱼群忽而上游忽而下游。我伸手去抓鱼，手伸进水里，鱼早就没了踪影。

"你来得这么早。"万懿在我身后说话，他穿了一件从来没穿过的白衬衫。

"家里面热得无聊。"

"中考成绩快要出来了，你也一样焦虑吧。我有一天晚上不知道怎么了，临睡前想起考试的事，竟然失眠了一夜。"他说。

"你是不必担心，再不济也能考上好一点的普通高中，我可就没准了，前程堪忧。"

"谁说的，老马还有失蹄的时候。走出考场，分数已经不受你的控制了，也不受阅卷老师的控制。反正不知被谁操纵着，想让你得高分，就算你认为自己错得一塌糊涂，也会得高分；要让你一败涂地，就算你答得再好也会处处扣分。"万懿坐到一块大石头上。

　　我也挪了个位置坐下，冰凉的石头让人觉得很舒服。

　　"那你到底担心什么，还要失眠。"

　　"说实话，我担心你，担心不能和你考在一个学校。"万懿说。

　　听他的话我有些不高兴，但没有多说什么，只说："我学习成绩比你差了一大截，一定不会和你考在一起。"

　　就这样聊着，差点忘了今天出来的主要目的。雪糕吃完后，万懿抹了抹嘴，终于把话题扯到那上面去了。

　　"昨晚实在不好意思，我是喝了很多酒，才给你发了那样不堪的短信。"

　　"我那时候没想过你喝酒了……你也应该叫上我才对。"

　　"我一个人在房间里偷偷喝的。"他说，"如果让万君知道那件事，他会杀了我。他一定会杀了我。"

　　"既然你已经知道后果，为什么还要做。"

　　"当时的情况你不知道。她在你面前哭诉你的仇人的恶行，你们就成了亲近无比的朋友，会放掉一切防备和顾虑。我也说过啊，崔伊挺漂亮的。她也不在洗浴中心工作，是她姐姐在那边上班，恰巧去的时候被万君碰到。"

　　"这下可好了，你已经把万君踩在脚下，不必那么恨他了。"

　　"恨与不恨这种事情，我并不十分在意，我也没有恨他怎样。亲情这东西，一开始就粘连得太紧，变质分裂了，再也不能恢复。我和他在家里既没争吵，也没来往。父母都习惯了，把我们当成小孩子耍脾气，不强迫我们合好。我也不想激化矛盾，维持现状就好，耳根清净。"

那天我们没聊多久，万懿被一个电话叫走了。

一起回城市的公交车上，他告诉我，他和万君要回老家住一段时间，可能要过一段时间才能见面。

这是我和万懿最后一次见面，之后我也找过他，总也联系不上。

后来听别人说，万懿回老家读高中，万君还留在父母这边。说是万君知道了万懿和崔伊的事情，恨得要去杀了他们。当他见到崔伊时，扇了自己两个耳光就走了。万君事先和一个戴鼻环的女生好上了，本以为谁都没用心，只是玩玩而已，不想戴鼻环的女生找到崔伊。崔伊以这种方式报复万君。万君不能原谅万懿，据说万懿几次真的是死里逃生。父母不得已，把从不惹事的万懿送回老家读书，把万君留在身边。他们这种互相伤害的错误方式，只能以分隔终结。

万懿消失，我关于友情的实验以失败告终。我始终认为，来到这世上不是为了践行神的旨意，只为体验神赋予人类的情感。在此基础上，我过分苛求从一而终，得不到梦寐以求的青梅竹马式的友情，就希望能把和万懿之间的友情维系下去，直到是时候终了为止。可是，未来无限漫长，人们总是习惯把事情寄托于此。在无限的时间里，完成有限的事，总都会产生错位感和不适。犹如哭泣和微笑，在不受任何外力的作用下总会停止。正在哭和笑时，并没想过它会停止，因此出现一次次情绪化的高潮。当心中的悲喜不再那么强烈，哭声笑声减弱，人们会诧异，还会惆怅这种停止。

父亲经商失败，家中笼罩在悲戚的氛围中。原本酒缸里的家庭生活，现在四处酒臭飘散。有时我不敢在家里深呼吸，一不小心将酒的气味吸入腹中，我会呕吐。父亲放肆酗酒，无人敢劝说，劝了又起不到作用，也就随他去了。有时母亲担心父亲的身体，在他买的散白酒里面兑水。父亲发现，他的质问总是奏效，因为总是超出母亲的忍耐极限，如实交代，两人大动干戈。

母亲不知出于什么心情，会时常躲到外面，直到父亲重新把注意力转移到酒上。

母亲没有娘家可回，即便是二舅不说出那番话，母亲也没了娘家。我无从知晓母亲躲出去的时候去了哪里。那些时间不是很长，最长也就是上午出去，晚饭前一定会回来做饭。母亲是个传统女性，尽管脑海中没有四书五经、三从四德，她还是会恪守传统女性的生活方式：相夫教子，为家人准备饭菜，包揽一家老少的生活起居。有时她会抱怨，但这一切都已经成为她双手存在的意义的一部分。我知道无论父母怎样打闹，他们之间没有了甜蜜的爱情，却有着传统家庭缔结而成的另一种夫妻关系。

母亲外出期间我总是担心，又没有勇气跟着母亲一起出去。母亲如此好强，一定不会去姐姐那里。我偷偷给姐姐打了几个电话，问她母亲的去向。我骗姐姐说母亲可能是去买菜，我刚睡醒不知道。的确，母亲短时间躲出去是会买一些东西回来。稍微长时间躲出去，回来时通常有几分醉态，身上有很浓的烟酒味。母亲回家的第一件事就是换衣服，去做饭。等到她走出厨房，头发上的香烟味被油烟的气味覆盖。

母亲只顾一家人的吃喝拉撒，过着半封闭式的生活，几乎没有朋友。更不消说可以排忧解难的密友，因此母亲的去向一直是我心中的谜。

一天，跟母亲去菜市场，遇到一个身穿貂绒、浓妆艳抹的中年妇女。她跟母亲打招呼，问她最近有没有看到"刘大姐"。母亲说没看到，带着我匆匆走开了。母亲和那个女人的打扮完全不同，没有花哨的服饰和粉脂，但她们的对话看起来又是一路子人，至少和那个"刘大姐"是共同的朋友。我不敢声张，只能假装什么都不知道。事后问母亲，母亲笑着说，她外出时是去山上散散步，去以前的同事家坐坐。我不相信母亲的话，但我选择相信，我更害怕母亲在我心中的形象有一丝污浊。

父亲刚决定进城经商时，我们还住在乡下。他结识了五金零售的商贩，经常把他们请到家里喝酒，他们也会请父亲到城里。后来知道母亲也会喝酒，就连母亲也一起带去。夏季，父母和那些朋友去海滨游玩。回来时总有几人觉得不尽兴，他们又去当时流行的歌舞厅。歌舞厅里的设备器械比起现在落后太多，包间屋顶很高、面积宽敞，却只摆着几个破旧沙发和茶几。门口有一个容得下一人的小屋子，里面的人就是这个房间的持有者。他收了我们的房费，还要负责为我们点歌。我的任务就是谁想点歌本上的歌，告诉我序列号，我跑过去告诉小房子里的人。

进歌舞厅的时候，会看到宽敞的走廊里坐着几个化浓妆的女人。她们只穿了一件绿色军大衣，小腿裸露。有几个还算年轻漂亮，剩下的都是半老女人。我通过点歌的小窗口，可以看到她们的一举一动。我们进来的时候，她们不理会我们，各抽各的烟，因为我们当中有女人，还有我这个孩子。

那是我第一次到这里，感受到烟柳之气。而实际上丝毫没有烟花柳巷的气息，只有旧家具陈腐阴潮的气味，浓烈的烟酒气味，有时候房间的角落还会有脚臭味。不去那里之后，我再也没有闻过那样浓重的烟酒气味。那气味侵染在家具中、墙壁上，像液体一样流动在房间里。现在，我又在母亲衣着上嗅到，让我大吃一惊。这座小城镇里我所知道的那些老式歌舞厅，要么翻新取缔，要么只剩下一栋废旧的空楼房。仅剩的几家也没什么人肯去，即便是父亲这样的老人儿也喜欢去新式的KTV。因此，我猜测母亲也不会去那里。可我实在想不出，除了那里，还有什么地方的烟酒味会如此刺鼻。

母亲和姐姐在我眼中都是极漂亮的，我与父亲是丑的。父亲常说，男人丑点没关系，女人一旦丑得不受待见，一辈子就完了。我倒认为女人丑陋是安稳，男人丑陋才是悲剧。在大自然的动物中，雄性都是色彩艳丽的，雌性是质朴无华的。人类也同样，为争夺配偶，也需要有一张漂亮的脸蛋。

父亲除了酗酒，对家人的管制也愈加严苛。他不允许姐姐经常回娘家。原因很简单，传统就是如此，规定只有在节日期间才能回家。姐姐每次回来少不了把孩子一起带回来。小家伙刚会爬就不得消停，在地板上一边爬一边用力敲打。尽管力气不大，木质的地板被她敲得咚咚作响。像我们刚搬到城里一样，父亲最痛恨这种事。这会给邻居带来噪音，影响邻居的生活和我们家的名誉。父亲严厉制止她。毕竟是个孩子，她对父亲的大声斥责毫不理会。有时对着生气的父亲边笑边敲，她把父亲的生气当成挑逗。如果那孩子是我，早就被父亲打一顿。父亲看在姐姐和姐夫的面子上，只表现出对那孩子的冷淡，没有动手打过。姐姐回家的次数越来越少，节日也不回来。孩子偶尔回来，父亲还是怕给邻居添麻烦，怕那些城市户口的居民在背后骂他是个粗俗的乡巴佬。他让母亲到楼下给人家道歉，让人家原谅不懂事孩子的噪音。母亲到下面敲了几次门，没人开门。后来才知道，那户人家半年前就已经搬走了。

姐夫烟酒不沾，是个"君子"模样的人，他经常不知好歹，劝父亲少喝点酒，更不知天高地厚，说男人沾了酒就会变得一事无成。父亲虽然恼怒，但从不会当面骂姐夫。姐夫走后，他把气撒在姐姐或者母亲的身上，说是她们管教不严，才让那个"无理的东西"如此放肆。然而这一切，都是父亲为老不尊的恶果。他自身没有察觉，将责任推在别人身上。家中不和谐的氛围，多半来自父亲阴郁胆小的性格。房梁被这样的柱子顶着，多大的房子都会压缩得让人呼吸困难。

　　姐夫至今一事无成，父亲把全部的责任归结在姐姐身上。说是她不够严厉，没有把丈夫调教得知道进步。姐姐结了婚变得懦弱，不再像她跟文身男谈恋爱的时候那样刚烈倔强。对父亲无理的说教逆来顺受，实在委屈就哭上几声，她变得跟母亲一样隐忍。

　　后来我才知道，姐姐也开始喝酒，酒量不在母亲之下。这是姐姐让我失望的地方。姐姐和姐夫因为酒的事情闹得不可开交，一气之下抱着孩子回娘家。在父母和姐姐争吵之际，孩子吓得大哭，我抱着孩子躲到卧室。而后，我也大哭，把那孩子当成了年幼的我。或许她即将成为年幼的我，这就是轮回。当然，我希望她不要经历我记忆中的事，她一定也不希望变成我的模样。可她的命运终究不是在我手中，也不在她自己手中，在她的父母手中，她未来的每分每秒都在跟父母的命运冲撞。一个人的诞生是悲剧的开始，人类持续着悲剧，却还要庆生。说小是延续家族，说大是繁衍人类。可无论大小，这样痛苦循环的生息有何意义？

　　父亲不仅对姐姐如此，对母亲也刻薄无情。他制止母亲喝酒，认为女人喝酒是伤风败俗的事情。遭到母亲严厉的反抗后，父亲摔杯子的举动显得过于简单粗鲁。杯子都摔光了，他也没有酒杯用。他再也想不到其他办法阻止母亲喝酒，除非他不再喝酒，清空家里所有酒和与酒有关的东西。他做不到，非但如此，他多变的性格，有时还会找母亲陪他喝酒，酒后哭着说这是他自食其果。当初是他把母亲带上饮酒的道路，现在又让母亲戒酒，在我看来很不讲道理。

　　家中唯一逃过父亲制裁的，就只有我。与其说逃过制裁，不如说是忽视。我从小就和父亲没有父子亲密的交往。我们的关系是他让我做事，和他赚钱养活我。只要这两件事顺利完成，我和父亲没有什么必要的交集。他带我出席家族的宴席，让大家知道我是他儿子就够了。他不会过多介绍我，有人问起我的前途和成长，父亲撇着嘴说："不值一提，不值一提啊。"我不恼怒，还会恬不知耻地对想要了解我的人微笑。我知道那些人还想再问，却就此打住。他们也不会记住我的名字，只记住我是父亲不值一提的儿子。至于怎样不值一提，反正不会有什么拿出台面的本事。

　　这也是事实。

　　父亲年轻的时候得到一把吉他，无师自通，会弹几首蹩脚的曲子。我小学毕业后，他送我去吉他班学了几天，我还没有出师就放弃了。中考过后，父亲又为我找了一位老师学习吉他，我终究还是没有音乐素养，半途逃了。我猜父亲由此对我怀恨在心。每当提到我的天赋，父亲会一口否定，说我没任何天赋。父亲对我也没有过高的期望，谈不上失望之类的说法。他的眼中，我天生就是不成气候的半废之人。我既走不出他的道路，也走不出属于自己的路。父亲不对我有过分的要求。我做错什么事情，他叹几声气就可以化解。打我也不是因为恨铁不成钢，多半是我惹了麻烦，给他和家庭带来损失。

　　有时父亲酒后吐真言，说他希望后代能出人头地，超过他。我也是他的后代，可父亲所指似乎不包括我，是指向一个虚无缥缈的儿子。他经常对我说："我是等不到你有出息的那一天。你到我这个年龄可能还不如我，至少我还有一口饭吃。"父亲总是有这样的担忧，我所不理解的担忧。他与母亲结婚之初是吃不上饭的，现在吃上饭了，转而担心我人到中年会没有饭吃。我不和父亲辩论，也不会发"一定会有饭吃"之类的誓。我从不恼怒，退回到狭小的内心世界。

我把中考成绩告诉父亲，他问我能不能考上高中。我告诉他可以上三流高中，父亲一脸欣慰，笑着说："有书读就好！"我没为此高兴，要知道，三流高中已经是最差的了。

"只要你肯读书，砸锅卖铁也供你。可惜现在没钱赚，我这把年纪还得再为你奋斗几年。"父亲端着酒杯站起身，去房间找烟去了。

父亲刚过五十，看背影却是六七十岁的体态。他的手脚最近抖得厉害，吃饭夹菜的时候因为手抖，搞得满桌子都是汤汁。母亲无可奈何，嘲笑他说，这是得了半身不遂。在我看来，这是变相放纵父亲嗜酒。

我感受到了父亲的衰老，躲到房间哭了一阵子。父亲咳了几声，就一直在叹气。我与父亲极为相似，无论是长相，还是心理。我们都容不下彼此。如果不是父子关系，恐怕今生今世都不会再见面。在父亲身上，总是有两股不同的气息交互统治，一股是无端的悲观，把自己贬得一败涂地；另一股是自命不凡，不把任何人放在眼里。这是他在年轻时，清醒和喝醉时的两种状态，现在他清醒的时候也有着两种心态。向内和向外的气息，让父亲对内不相信自己，对外又不能相信别人。父亲这一生也是痛苦的，与他幼年丧父有关。他身为长子，奶奶胆子小，只能依靠少年的父亲当家，这练就了父亲特立独行的个性，这也是他经商失败的主要原因。

父亲没有资本，只有技术理论，不具备商人的头脑。他的合伙人一直在利用他的技术，操办起一个小有规模的电器行。电器行里的资本流通，全在合伙人手中操控，父亲放心交给他管理。起初，合伙人的做派确实让人信任，分利的时候，他会拿出账目与父亲看，公平分利。后来父亲不屑于计较金钱，一心专研技术。父亲做事专注的劲头，让技术成为他的乐趣，也是他痛苦的根源。在漫无止境的技术的海洋，父亲没有引路人也没有方向，饿狼捕食一般，哪里欠缺就补习哪里。父亲常因为难关难破，彻夜难眠。

最后，父亲对资金流通的毫不过问，又没有纸面协议，致使合伙人收紧资金，把父亲扫地出门。这或许是父亲一生唯一一次相信别人的事，却落得如此下场。一夜之间，父亲原本就初出白发的头上落了霜雪，父亲不甘心，把头发染成了黑色。

10

母亲的死毫无征兆，来不及留下遗言，来不及告别。到现在我都不能相信，只觉得母亲是出走到杳无音信的地方，不想让我们找到她。

二舅家的女儿比姐姐小一岁，是个大学生，一直没有嫁人。家人都在为她着急，她自己却一点不着急，像个学生派，每天嬉戏浪荡。那年秋末，舅家姐认识了一个与姐姐同届的男人，两人一见如故，转过年春天就准备结婚。

定亲仪式在婚礼前半个月举行，母亲不知道外甥女要结婚。后来从姐姐口中听说，为此还伤心了好一阵子。那天二舅打来电话，说邀请我们一家去参加定亲仪式。母亲高兴极了，还准备了重礼。

男方父母家离我们老家并不远，家长们彼此都认识。男方来了好多位亲人，舅家姐这边除了母亲、其他两个舅舅，还有二舅母的娘家人。一大家子的人几乎都到齐了，宴席上气氛热烈。借着这样的喜事，会喝酒的贪杯，不会喝酒的也端起酒杯敬来敬去。

几个和我一样年纪小的孩子吃完饭，坐在客厅的沙发上看着大人们的宴会。在我看来，无论多么正派的人，喝了酒都会变得和跳梁小丑一样，难免滑稽可笑。他们的很多酒话，都会逗得满堂大笑。舅家姐穿一身漂亮的连衣裙，满脸笑意为每个人斟酒。

值得一提的是男方的家境，他们家一共来了两个叔叔、一个姑姑。除了姑姑嫁得差一些，那两位叔叔和男方的父亲都是当地的土财主。男方的父亲，除了拥有一个大型砖厂，房地产也不少。这样好的家境，让舅母感觉自己家贴了好几层金，对男方家人格外殷勤，生怕婚礼出现变故。

在宴会的礼数上，舅母对舅家姐千叮咛万嘱咐，不能让男方挑出半点不是。好在舅家姐是大学生出身，现在又是教师。男方家里有金山银山，却没出过一个大学生，他们因此对准儿媳疼爱有加。说起家风，男方的家庭没什么公德之事。兄弟四人，乡亲们给他们起的外号是从一到四，四只猴子。寓意是他们兄弟四人奸诈险恶，不可深交。因为富有，人们不敢当面这样喊他们，还会巴结他们。

母亲知道这门亲事后，是不赞成的态度，可是舅母如此热衷，又不能多说什么。

那日母亲的确很高兴，一是因为这门喜事即将促成，二是因为二舅没有忘记胞姐。我猜母亲早就原谅了二舅。喜欢喝酒的她深知醉酒后的状况，一定把二舅的过失当成酒后失德，而非发自内心。

宴会上，女人们也都端起酒杯，但全都不是母亲的对手。父亲装模作样挖苦母亲几句，见没人回应也就作罢。母亲更加放肆地喝酒。我实在觉得这种场合母亲反客为主不合适，几次上前劝阻都无效，一气之下先父母一步回家。

太阳光强烈，算不上很热，我内心却燥热无比。赌气步行一个多小时，从乡下走回城里的家，回到家倒头睡着了。

不知过了多久，听到房门响了才醒来，是父母回来了。听到父亲粗重的喘气声，像是十分疲惫。他停靠在门边喘了一会，鞋也不脱就进了卧室。我只听见父亲的声音，没听见母亲的脚步声。

没多久，楼下传来尖叫。我的心随之剧烈膨胀，蹿升的血压让我有点头晕。我爬到窗台上向下看，楼下躺着一个穿金黄色连衣裙的女人，从头部向外淌出一大摊暗红的血。

我一眼认出，那个人就是母亲。

母亲被送去医院就已经宣告死亡，还是紧急抢救了一番。最后，一块白布隔绝天人。一直到姐姐姐夫闻信回来，父亲一直在家里睡觉。

葬礼办得异常简单，没有在乡下搭设灵棚，稍远一点的亲友，父亲也没有通知。在他心中，母亲死得不光彩，不能算作正常死亡。父亲为母亲买了一口昂贵的大棺材，在火葬场火化后，直接拉到山上埋了。

　　母亲的死，没有人知道真正的原因。是她主观跳下去的，还是醉酒失足掉下去的，答案已经被母亲带走了。留下的只有我对父亲深深的仇恨，如果他和母亲一起回来，我一觉醒来，看到的会是活生生的母亲，而不是尸体。他如果也同母亲一样坠亡，我也就不会活下去，减少漫长人生的剧痛。

　　想到此处，我感觉自己掉进深渊，对父亲的怨恨翻了一倍，有一半施加在我自己身上。连同姥姥的惨死，我对舅舅们的怨恨……这排山倒海的仇恨，一股脑如同巨石一般压在我身上。

　　我不在场的罪过。

　　这一切都是我不在场的罪过。如果我没有先母亲一步回家，在我的搀扶下，母亲醉得再厉害也不会从楼道的窗户坠楼。如果我能多一些时间去陪伴姥姥，姥姥的死也不会落得如此下场。我意识到，这世上的一切罪过，都是因为我不在场。如果因为我没能阻止而使悲剧发生，我同样是悲剧的始作俑者。

　　姥姥的葬礼上，我哭过几次，现在回想起来，一半是为姥姥去世而流泪，另外一半是心中恐惧，源于害怕失去母亲。

　　据说是因为母亲的去世，让舅家姐的准婆婆感觉这段姻缘染上不祥之气。婚礼取消。无论二舅母怎样争取，男方都不同意婚事。舅家姐失去了很好的姻缘，二舅母对母亲怀恨在心。父亲从母亲去世就一直卧病在床。头几个七父亲都没有去，最后一个七父亲艰难地爬起来，非要上山。

　　七七那天，三个舅舅也来了。姐姐大哭一场，我和父亲也流泪，没有号啕大哭。整个过程没有一点响动，我挑拨燃烧的黄纸的木棍被烧得噼啪作响。

　　山下是谁大嚷大叫着向山上走来。她气喘吁吁，胡口谩骂。树林茂密，走到很近我才看清那个人是二舅母，二舅见状向山下跑去阻挡。两人撕扯了一阵子，矮小的二舅母不知哪来的力气，把二舅推倒在地。她向山上跑来，其他人也上前阻拦，都无济于事。就算抱住她的身体，也没人能堵住她的嘴巴。

　　父亲吓得没了魂儿，蹲在母亲的坟旁边号啕大哭。他双手抱头，就快缩成一团乌龟。她越发嚣张，拾起人头大的石头要来砸母亲的碑。

　　我的手几乎要把那根手腕粗的木棍握得粉碎，心里盘算着她再靠近一步的下场。我双手将木棍深深插在燃烧的纸堆里，奋力向上挑起。燃烧的黄纸如同爆炸一般从纸堆里飞出来，全都扑向她。黄纸飘浆下来，火焰落在她身上，把她衣服裤子点燃了几处。她大惊失色，扔下手上的石头开始扑火。

　　后来听说她身上烧伤了几处，脖子上留下永久的伤疤。那次是我这辈子做过唯一称得上有胆量有气魄的事情。后来亲人们也都称赞我，那日尽管危险，却十分有胆。然而那一次并不是什么开端，是更加彻底的结束。我想，如果再有人来打闹，我一定束手无策，会选择撞死在母亲的坟上。

　　母亲去世之后，我多次想进入白云驿，但是没能成功。或许根本不存在成功或不成功的说法，进入那里本来就不受到我控制。

父亲病重，酒量减弱。我这才知道，父亲与我不同的就是他怕死。他服用药物后的几个小时，绝对不会碰酒。

母亲不在，做饭的担子落在我的身上。父亲从来不进厨房，甚至不知道厨房的水龙头哪边是冷水，哪边是热水。母亲生前做饭，我经常站在一边帮忙，或是陪母亲聊天。她做菜的套路和经常放的调料我也都摸清了。每次做饭，我都努力回忆母亲经常做的菜品和这些菜品的味道。我尝试着，模仿母亲的味道做，做得不如母亲便会很难吃。我和父亲谁也不抱怨，只管填饱肚子。

吃饭期间父亲专吃哪个菜，有时还会哭泣，我便知道那菜做得和母亲的味道有几分相似。对我而言，出自我手的菜都是难吃的，和母亲比起来就是垃圾。我深刻地体会到，母亲教给我的不是料理之道，而是味觉。母亲的离去，带走了我的味觉，我时常品不出味道好与坏，只要不是生肉苦菜，我都可以入口下肚。

除此之外，我与父亲同时失眠，也成为两个人生活的改变。我们不会在吃饭的时候谈论什么，每顿饭都只能听到碗筷碰撞的声音。还有另一个声音，是来自对母亲的幻听。父亲时常会点头，嘴里小声嘟囔着。而我，能清楚地听到母亲的声音，讲话内容就是我当日所经历的事情，通过母亲的声音复述一遍。我们吃饭的位置也不会变化，父亲还坐在他之前坐的位置，我也同样。姐姐和姐夫偶尔回来，也自觉地坐到自己的位置上，母亲生前的位置一直是空着的。那里是禁地，似乎母亲还坐在那里，别人就没法坐。我一直想吃饭的时候在母亲的位置摆一双碗筷，父亲不会允许，我也就从来没有试探过。倒是父亲有时倒上两杯酒，他独自喝一杯，另一杯在吃完饭时一口喝干。

我极为痛恨这个行为，母亲因酒而亡，现在却还要用酒来祭奠她。

听说姐姐开始酗酒，是给小外甥女断了奶水之后。姐夫经常骂姐姐也会不得好死，他的"也"字让我极为气愤，然而我再一次无力地吞咽下自己的气愤。一次，姐姐手臂上带着一块淤青回家，她没有说明淤青的原因，我和父亲谁都不敢过问。

姐姐的孩子逐渐长清眉目，幸运的是她既不像姐夫，也不像姐姐，有几分像母亲和孩子的奶奶。那孩子不知道母亲去世是怎么一回事，哭着闹着要去抓桌子上母亲的遗像。姐姐打了几次，抱着孩子哭了几次，给孩子一张母亲在海边照的照片，孩子抱着照片便不再哭闹。

父亲感慨："无情无义的孩子尚且如此，况且大人。"父亲的"无情无义"似乎不该用在孩子身上，可又再恰当不过。要我说，这样冷冰冰的词，只适合用在大人身上。这样一来，大人孩子就都变得无情无义。关于人性善恶的争论，定论已经不重要，这本身就是毫无意义的争论。人性温和，像婴儿的肉体，风吹日晒会变得粗糙坚硬。温和也许是虚假的温和，粗糙是归真的粗糙。人们极容易被这些所谓正反的词汇蒙蔽。

一年过去，听说二舅家的姐姐结了婚。男方家境不如之前的富裕，但也是个不愁吃穿的富贵人家。

从那以后，老家那边就再也没传来过喜事，尽是亲人去世，或是谁家出了变故的消息。刚开始，父亲全都亲自到场。吊丧这样的事对父亲来说再艰熬不过。用父亲的话说，自从他父亲去世，这一辈子再也没有喜事，只有不断累积重叠的丧事。后来的一些可去可不去的丧事，父亲托叔叔赶些亲情账目，他只躲在家里与亡魂对饮。

那天晚饭，父亲自言自语说了很多话。他逐一把近期去世的亲人的生平大概讲了一遍。最后发现，那些去世的亲人里除了一个是与我同辈，其他的都是他的兄弟姐妹。一个大伯比父亲年长几岁，刚刚丧妻，大娘是癌症病死的。似乎这样的死法是光荣的，父亲还会抱怨母亲几句，好像母亲真的坐在旁边，然后大哭。

夜里，我和父亲再度失眠。父亲有时到客厅喝水，有时去解手，有时是倒药片。他一连吃了三次安眠药，我心想，如果有第四次我就去阻止他。我告诉父亲我也失眠，想要借助安眠药睡觉。父亲把我数落一顿，坚决不允许我触碰安眠药，说我年纪轻轻，过段时间自然就可以恢复睡眠。我偷偷将父亲的安眠药里掺杂没有药性的药片，被父亲发现。他干脆扔了所有安眠药，又去买新的。

窗外，夜空一无所有。没有星星也没有月亮，茫茫一片黑暗荒原，让人乏味。我无事可做，呆坐在黑暗中，一直到有困意，趴在桌子上昏睡过去。

白云驿下起蒙蒙细雨，我匆忙跑进木屋，木屋里的装饰没有变化。墙上多了一副观音像，观音像是水墨画，观音嘴唇微启半含笑，眼睛半闭向下望。我仔细观瞧，他的下巴不是浑圆的，是像鸡蛋一样又尖又圆，和母亲的下巴很像。观音越来越像母亲，我知道是自己心理作用在作怪。那又能怎样，索性把观音就当成母亲。

记得姑父死后几天，信佛的姑姑每日去佛堂超度亡夫。去的时候本没什么悲戚的情绪，一旦开始打坐，默念经文，姑姑总是止不住流泪。直到有一天，姑姑想哭也哭不出来，就去请教那里的老居士。老居士告诉她，姑父的灵魂原本是蹲坐在佛堂的桌子下面，在姑姑每日的超度和泪水中得到力量，已经登上了供桌，和佛祖齐身升天了。这样一来，姑姑自然就没有泪再流了。如今观音像上的母亲，我也确信她是登天成了大罗金仙。我无半点迷信，却也为此感到欣慰。

来到窗边，湿润的空气迎面拂来，逐渐风干挂在两腮的泪。白云驿的一切还是原来的样子，屋后的河流因为下雨变得湍急，水流声轰鸣。那沉重的声音，犹如寺院里的钟声，让我倍感安宁和神圣。

白天，红烛亮得十分不合时宜，它本身没有半点损耗的痕迹。我对着烛火看了一阵子，又对着镜子里面的自己看了一阵。不知是烛火先跑进我的眼中，还是血印跳出来变成烛火。

我想起母亲，她说过，打我的事，让她抱憾终生。我只希望母亲在坠楼的瞬间不要想起这件事。醉酒的母亲本来头脑就变得迟钝，当她反应过来坠楼时，再没有时间思考别的事情，包括恐惧和后悔。最好是这样，阿弥陀佛。不然母亲抱恨，又徒增我的罪过。

雨渐渐停了，云下凝结着雾气也散去，露出成块的白云和淡蓝的天空。

我走出木屋，走出松树篱笆，发现院外惊现一方坟墓。前面竖着一个长满苔藓的青黑色石板。无论是坟墓还是石板，都像是存在在这里好几个世纪一样。地衣一直包裹到石板的下半部，坟包上面的草明显有枯死又长出新草的迹象。我仔细观瞧石板上的文字，几个字刻得不深刻几乎看不清楚。那几个字是"白云主母"。

坟墓旁边是一个新挖的坟坑，新土堆上面有一块青石板，上面没有刻字。我深信这坟墓就是母亲的，却不知新坟是给谁预备的。难不成在我、父亲和姐姐之间，又有一个人要丧命？为什么母亲的坟墓如此古旧？难道母亲已经离世很久？

我思考着，不知不觉向那片湖泽走去。雨后草地湿滑，我摔了几跤爬起来，浑身上下已经湿透，沾满青草。快要接近苇丛的地方，我看到十几米远处有一团白色羽毛。我叫了一声，那东西没有回应，我捡起一块小石头抛过去。那东西缓缓抬起头，露出修长的脖颈，原来是只白天鹅。

第一次在白云驿看到活生生的动物，我快速跑过去，真的是一只天鹅。它见到我也没有飞走，仍旧卧在那里，只是叫了几声。是只受伤的天鹅，一只翅膀折断了，耷拉着。

我把它抱回木屋，却没有好的包扎物品，只得扯下房檐下装饰的白布，撕成布条为它包扎。

没过多久，天鹅的翅膀神奇般恢复了，它挥动翅膀飞到屋顶，对着天空舒畅地叫了几声。我以为它会飞走，却不想又落下来，绕着我走来走去，用修长的脖颈蹭我的腿。太阳出来，我脱掉上衣搭在松木篱笆上面晾晒，痴痴傻傻地坐在草地上，看着坟墓和坟坑。

天鹅困倦，把头埋在翅膀下睡着。我本想把它叫醒玩一会儿，又不太忍心。我总觉得这只天鹅不愿离开我是有原因的，我还没有发现。回到木屋，我把烛台放到观音画像下面，害怕火苗烧到画像，特意往外挪一挪。我刚要走出木屋的时候，父亲把我叫醒。

我睁开眼，看到的是父亲略带微笑的脸，我十分诧异。

"我去买了早饭，起来吃点。"父亲说。

我看了看时间说："我等会上学，现在起还早。"

"你起来吧，我有话说。"父亲说完走出房间，只听到餐桌上摆碗筷的声音。

父亲眼睛红红的，显然一宿没睡。他买了我和他都很喜欢吃的吊炉饼和鸡蛋糕。他给我盛了一大碗，又给自己盛了一大碗。

"有件事想和你说道说道。"父亲说。

大清早和我有事要说，我不安的心开始乱跳。从来没有和父亲这样面对面交谈，不知道父亲会说出什么。我像是等待可怕的预言，不敢看他，默默点头。

"我前几天和以前电站的同事联系了一下，我想再回电站工作。这样就得搬到乡下去住，我是愿意，工作方便，我也嫌这里车多人多，闹得很。你妈不在了，我总觉得一下子老了，不喜欢人多嘈杂。原本还想东山再起，现在也没有力气做那些事。只想守着你妈的坟墓，在乡下度过后半辈子。如果搬到乡下，你上学就麻烦了。你要是愿意骑车倒也可以，每天辛苦点，男子汉嘛，不算什么。你要是不想和我一起搬到乡下住，你就还住在这里。"父亲平静地说，又强调说，"涉及你上学，我想听听你的看法。"

我已泪流满面，不会思考。父亲想听我的看法，我顿时不知所措。我决定用最简短的语言把我的意思表达出来："买辆自行车，只要不是雨雪天，我也回乡下。"

事情定下来，父亲像了却一桩心事，长舒一口气。我吃过早饭，离上学的时间还有四十分钟。我背着书包跑出家门，不敢看父亲一眼。太阳升得很高，我在空旷无人的街上漫步到学校。

不到一个月，我和父亲搬回乡下，城里的家只留了少量备用品和被褥。父亲买了一台摩托车自己骑，买了一辆自行车给我骑。父亲喝酒太多，手抖得厉害，总是控制不住方向，不知道摔了多少跤。一个车后视镜被摔断后，才勉强能骑上路。

父亲进城之前，就是电站的电工，他的同事有的已经当上副站长。父亲再次回到电站，没什么阻力，得到了一个相对清闲的职位。

父亲每个月领着并不算高的收入，足够我和父亲的吃穿用度。乡下距离姐姐家也近了许多，姐姐回家的次数比以前多了。父亲渐渐对外甥女不那么厌恶，有时会抱她去村里逛一逛。他也只有抱着她才会在村里漫步，无事连大门都不会出。

姐姐的婚姻说到底都是不幸福。奸懒馋滑的姐夫辞去现在的工作，说是嫌工资太少，工作太累。他要去城里谋一份差事，结果城里的工作没找到，反倒占据了我们家城里的房子。几次下雨天我去那里住，都会碰到他把屋子弄得像猪窝一样邋遢。他交了几个狐朋狗友，常带到那里玩，好在我并没有发现女人的踪迹。

11

高二的暑假，假期十分短暂，期末成绩差到我不敢告诉父亲。自从上了高中，父亲更少关心我的学业。我知道，他不再对我的学业抱有希望。电站的朋友来家里做客几次，父亲提到我这样的年龄能否去电站工作的事。朋友满口答应了。父亲看起来很欣慰，不过他告诫我一定要把高中读满，不然会很难办。

我心安理得地等着一份工作从天而降，又会在某个阳光明媚的清晨，醒来后感觉到悲伤。以前听说舅家姐的大学趣事，我想我今生也该体验一次。我对自己的学业也绝望，绝望只带给我倒退的力量。哪怕是我一时鼓起精神，拿到成绩单又变成漏了气的气球。带着伤感与绝望，我决定把自己交付命运，任它摆弄。

暑假刚来，姐姐的婆婆大病一场，那场大病很吓人，似乎随时剥夺她生命的架势。婆婆是个善人，母亲去世以后，她对我和父亲特别关心。

临行前，我给父亲预备了几天的伙食，食物放在冰箱里也不敢声张。只怕告诉父亲该怎样做，又惹父亲大哭一场。

几天下来，我晒成了黑炭头。亲家母的病一天天好转，已经可以做饭。姐姐的厨艺与我一般，亲家母只要身体挺得住，必定亲自做饭。饭菜吃起来特别香，尽管是与母亲完全不同的味道。几日虽然劳累，日子过得十分快乐，我这才体会到，家人其乐融融是人间的乐事。我想把父亲接过来住几天，又恐怕父亲的悲情无心消受这样的乐趣。

五天过去，总算把地里的活忙完，姐姐又把我送回家。父亲没有上班，拿着工具去菜园子里除草。我推开家门，霉臭味扑面而来。厨房乱作一团，屋顶不知什么时候也开始漏雨，地上长了一层白霉菌。姐姐见此情景抱着我哭起来。我知道，这一切的一切都是母亲。如果母亲在，这一切都不会发生，也就没有这些无谓的眼泪。她不在的威力，比她在的威力还要大。

姐姐和我收拾了一会儿，父亲从地里回来，见到我回来很高兴。他扔下锄头，把院子里刚摘的黄瓜洗了给我们吃。父亲说我晒黑了，看起来更像男人，姐姐说我早就是个男人了。我捕捉到她的"早"，可能指的是从母亲去世开始。

没过几天姐姐又来了，带来一个为家里添丁的消息。

亲家母知道我不在的几日，家里光景凄惨，考虑到我总要自立门户，父亲无人照顾，想趁父亲还健壮，让他再找个女人。姐姐纠结数日，抱着母亲的照片哭了几场，下定决心要为父亲找个伴侣。

事情和父亲说明，他极度反对。他说母亲的周年还没过，怎么能做出这种事？他现在也不能适应和别的女人生活在一起。我也跟着姐姐劝了几句，说别把这件事想得过于严重，不过是找个女人搭伙过日子。她的大半职责是照顾父亲起居，攀不上母亲的高位。无论怎样说，父亲始终不答应，再说他就会羞恼着骂人。

父亲对母亲如此深厚的情感，让我和姐姐吃惊。我想起母亲生前与父亲的夫妻关系，不觉又一阵寒心。

母亲的三个周年刚过，一入夏就开始热。父亲的甲亢从初春就一直折磨他，多走几步路也会让他心跳加速。在家休养近两个月，病情还不见好转。去大医院检查几次，开了药，医生也说不出个所以然。只说可能是气候的原因，倒是病情有减无增，让他回家静养。

传言像墙透了风，不知从哪里传出父亲要找女人的消息。陆陆续续有亲戚朋友上门说亲，父亲出于礼节没有说什么，委婉地拒绝了。那些人走后，他把上门提亲的人骂得狗血喷头，还有一个人是母亲的舅母。听姑姑说，之所以这么多人上门提亲，是不知从哪里传出父亲荣归故里。说父亲赚了大钱，厌倦城市的生活，卷着钱回乡下来静养。钱是一方面，家境也合适，丧妻免除后顾之忧，儿子即将自立，女儿早就出嫁，这是单身妇改嫁求之不得的。

听到这些，父亲哭笑不得。

立秋，天气还是热得不得了，父亲想干脆电站的工作也不干了，依靠这些年的积蓄度过余生。他最终没有这样做，或许是因为我。父亲常说，他不恨他父亲，但是爷爷确实亏欠他太多。如果他一直活到现在，父亲也不必前半生劳累至此。或许是出于对我的考虑，父亲怕我像他一样劳累，才没有停止奋斗。

对父亲的怨恨与日剧减这样的事实，并不是我愿意接受的。我习惯了对父亲的不满，尤其是母亲去世后，我曾想要离开父亲。出现这种状况我始料未及，尽管他嗜酒的恶习不改。没有酒后对母亲的暴行，我也不那么在意他喝酒，只担心他的身体。

几场秋雨过后，天气凉爽了一些。父亲病了大半年也终于好转。听说亲家母要来家里做客，我和父亲一大早杀了只鸡，准备中午炖干蘑菇。

亲家母有备而来，我们都瞒着父亲。自从动了给父亲再娶的念头，亲家母就一直没忘，一直在寻找合适的人选。通过她的一位朋友，找到了合适的女人，她这才亲自拜访，说服父亲。

那女人比母亲小两岁，三年前死了丈夫。丈夫生前有一个小型养鸡场，她是个柔弱的女人，只管家里的事，养鸡场的事一概不过问。丈夫死后，她变卖养鸡场里的鸡，只剩下那块空地。她的性格和母亲很像，有一个刚上初中的女儿。亲家母觉得这样的女人再合适不过，就和姐姐说。姐姐偷偷和我说了，现在要来说服父亲。

父亲刚听说这件事也是反对："不行，这事坚决不行。三周年刚过，不行啊。"

"都知道你对亲家有爱，可你也得为以后着想。二更眼看大了，说不定什么时候就自立门户，到时候你怎么办？就算儿子女儿孝顺，把你接到他们那里养老，你也不能愿意。这件事，我相信亲家在天之灵一定能理解。"说着亲家母动了真情，将要流泪。姐姐在一边递眼色，亲家母这才止住。

"算我多嘴，可这话我不说，他们做子女的更不好说。你别犯倔，这不是对得起对不起谁的事情，就是两个人搭伙生活而已。等到死了，她还埋回她丈夫的坟坑，你还是躺在亲家的身边。你们父子俩过日子就是不成样子，不说别的，今天中午的鸡就算是糟蹋了。但凡是个女人来做，也不至于连鸡毛都拔不干净。"

她挑起一块带皮的鸡肉，上面有一根小拇指长的鸡毛。

父亲端着酒杯破涕为笑，大家都跟着笑起来。

"你考虑考虑吧，那女子和你一样，等着她丈夫过了三周年改嫁。别等人家找到下家，过了这个村没这个店了。"亲家母说。

"这事我也想过，可是我一想起她，什么心情都没有了。况且不是年轻那时候，可以豁出去脸皮追求。现在不能像以前那样，相亲什么的，我这老脸没地方放的。"父亲皱着眉说。不皱眉他也三道横纹三条竖纹。这下皱起眉来，三条竖纹像刀子刻出来的一样深。

"这不难办，我已经和女方说好，让她来你这里看也行。或者让二更和他姐先去看看，毕竟是他们的后妈。如果能接受，再领回来给你看。你要是看得上就在一起过，看不上就是我带着朋友来你这里吃顿饭。"亲家母的机智让我钦佩，姐姐嫁的丈夫不好，有个好婆婆也是她的福。

事情这样说定后，亲家母和姐姐吃过午饭就走了。父亲在院子里抽了一下午的烟，晚上喝了很多酒，醉倒在酒桌边。

在亲家母带领下，我和姐姐去了那个女人家。女人家的院子很大，大得快比得上一块菜园子。院子里晾衣架上晾了一排衣服，飘散开洗衣粉的清香。院子干干净净，尽管养了些鸡鸭，看不到一点鸡鸭的粪便。

她的女儿跑出来招呼我们，是个不算漂亮，像白布一样干净个子高挑的女孩。女人出现了，个子跟她女儿差不多高，样貌端庄。

女人名叫小春，女儿名叫银莲。

我在现在的班级爱上过一个女生，也是一个白得像白布一样干净的女生。她的眼角有一颗让我欲罢不能的泪痣，有时我怀疑自己是爱上了那颗痣。我多次想和她表白，一直没有勇气，尤其是看到镜子里的自己，更让我泄气。知道班级还有一个男孩子喜欢她，对比起来，我比那个男孩子各方面强一点。我以为他也按兵不动，实际上他私底下献的殷勤我没有发现而已。直到有一天，他们牵手走在一起，让我看得傻眼。

　　我懊悔不已之时，给她写了一封情书，希望在他们还没有打得火热之前拆散他们。不想情书落在男生手中，他把我叫去谈话。谈的内容已经不记得，大概就是我不如他之类的话。不能确定女生是否读了这封信，成了我的心病，我绝不会当面质问她。事情就这样搁置下去，女生现在看到我还会报以微笑，让我倍感耻辱。

　　看到银莲，我会联想到那个女生的模样。我对那个女生的爱情的绳子系在了银莲的长发上。

　　在小春家里聊了很长时间，我一言不发，只听三个妇女在侃侃而谈。姐姐脖子上的玫瑰花已经褪色得几乎看不见，整个人变成妇女的模样。尤其是她说话的神态，三分掂量，七分扭捏。我想这就是婚姻带给女人毁灭性的改变。姐姐不像母亲那样善用心计，也不像她婆婆那样能说会道，她总是爽直里带着几分含蓄。小春的话语不多，也可能是在我和姐姐面前装出矜持，但在我看来，她确实是个柔弱胆怯的女子。

　　银莲坐在她母亲身后，瞪着眼睛看三位客人。她像是听不懂我们的语言，时常歪着头思考那句话是什么意思。我猜想，她母亲一定没有把要改嫁的事情告诉她。银莲有礼貌，她没有打断大人的谈话，大概她跟她母亲有同样的性格。

　　小春留我们在她们家吃午饭，亲家母谢绝了好意。我们回到镇上，喝了全镇最好喝的羊肉汤。我回去之后把经过向父亲叙述一遍。父亲没有多问，只问女人是否真的像亲家母说的那样稳妥。我说确实稳妥，只怕她舍不得大宅院，不愿意搬过来住。

亲家母来信说，小春要来看父亲。这算是家里的大事。父亲请了几天假，把屋里屋外打扫了一遍，扔掉旧的木质沙发，买了皮沙发。新沙发摆在旧家具中间很不搭配，倒也顾不上这些了。

我们家的院子不如她们家大，却是一派田园风光。她家院子里什么都没有，起一阵风就尘土飞扬。我们家院子里有父亲刚种下的枣树，还有两棵樱桃树。水泥台下开辟出一个花园，盛夏种花。夏末花落，父亲拔了花秧种些蔬菜。在东墙盖了偏房存放杂物。不知从哪弄来一块巨大的石头，找石匠劈成一桌两凳，小院看起来拥堵而有序。

见面时，大家坐在一起聊聊家常，不聊往后的生活，也不聊故去的两个人。中年人相亲，无论向前向后问，都不会出现什么好事，索性不要问。想要了解对方，只有从现在的生活中获取信息，再用中年人的智慧分析。也不会直奔婚姻，一来难以启齿，二来大家都对半路婚姻心知肚明。小春走的时候看到母亲的遗像，夸母亲漂亮。在院子里她又夸院子布置得很漂亮，然后带着银莲走了。在这之前，我没有和银莲说上一句话，倒是姐姐的孩子已经和银莲玩得火热。银莲要走，那孩子哭着要跟去。亲家母机智，说宝宝别急，银莲阿姨过几天就和这位年轻的姥姥搬来住。

外甥女拍着手叫好，大家也笑了。尤其是父亲，笑起来有老人的慈祥，使他看起来更加苍老。

　　小春正式搬到我们家来的日子我记得很清楚，腊月初八那一天。那天小春熬了一大锅腊八粥，全都让我和父亲吃光了。

　　我即将高考，尽管成绩不值一提，我还是要放手一搏。父亲问我能不能考上大学，我说我也不知道。父亲训斥我一顿就再也不提这件事，他铁了心让我去电站工作。我有意忤逆他，偏不想去电站工作，这便成了我奋进的动力。但我的成绩一直像海绵一样，无论砸得多用力，都会反弹成原来的样子。自从我开始上学就这样，无论是王瑞祥时代，还是现在，我都是那个应该成为优等生的状态和个性，但并没有出现过一次好成绩。不过我这种人是不容易被打败的。我既不对现实抱有希望，也不会彻底绝望。我的生命一直都是奄奄一息的状态，不容易被杀死。不管成绩烂到什么地步，我都不会沮丧。偶尔前进几名，我也不会高兴。这些事在我，全都是偶然。既是偶然，只要不是偶然买彩票中大奖，就谈不上悲喜，不需要做出忧虑的样子。

　　银莲是个不食人间烟火的女孩子。长时间的接触，让我摸清了她冰冷的性格。她白玉般的外表下是颗冰晶的心，她没有朋友。亲人之间，除了她母亲也再无亲近之人。她的爷爷奶奶全都健在，父亲死后，她只在春节去爷奶家住几日。她对我和父亲也是如此，既没有敌意，也不亲近。如果父亲为她做了什么，她就会佯装感谢父亲。我看不惯她这样清高的性格。父亲由心而发地喜欢她的知进退和知书达理。

　　我想她这样的性格，在学校也是和我一样孤单的人。她的孤单与我不同，她是别人不敢亲近，她也不去亲近别人；而我是低姿态地躲避，有人主动亲近我，会让我焦虑，不知所措。归根结底，她是以高于我的姿态生活在这个家里面，我只有仰视她。久而久之，我也不太喜欢这样的生活，跟父亲提出搬到城里的家居住。小春试着挽留我几次，父亲没有说什么就同意了。

临走前，父亲让我把母亲的遗像暂时带到城里，解释说，小春刚来到家里，母亲摆在这里像是一种威胁。放在柜里对母亲不尊敬，让我先带到城里的家供奉，过一段时间再把母亲请回来。我无从判断父亲讲话的真实性，狠咬牙齿，把母亲的遗像用布包好。把遗像带走的一刹那，我想，我的灵魂永远都不会再回到这个家来了。当然，我也不会再把母亲带回来。

高三下学期，开学的前几天我搬回城里的家。三月天也该有所回暖，可那一年不知为何，所有的节气都发生在错位的时间点。从前一年的夏天开始，一直到冬天的结束，前前后后经历了十个月。

我简单整理行李和被褥，把母亲的遗像恭恭敬敬地摆好。那里曾经是放白酒罐子的地方。看着母亲，我不觉流下眼泪。我反思怂恿父亲再娶究竟对不对，是不是背叛母亲。我没能在梦里和母亲沟通一下，就和姐姐私自做主。人都说日有所思夜有所梦，这几年我一直试图在梦里见到活生生的母亲，可这样的梦做得太少，用手指也能数过来。在那些梦里，母亲算不上是主角，只一闪而过。梦里的我也没意识到母亲离世，对她的离开毫不在意。直到醒来懊悔不已，没在梦里和母亲说上几句话。

一天午睡，我醒了一次又昏昏沉沉地睡着了。突然母亲出现在我身后，她是那么真实，呼唤我的名字。她讲了一些话，我醒来时就不记得了。母亲穿着生前经常穿的蓝黑色连衣裙，样貌一点都没有变化。母亲不知怎么就哭了，她的哭泣比她的笑脸占据我记忆的面积要大得多。母亲的哭泣，永远都让我心碎，不管是喜悦还是悲伤的泪水。姥姥也跟着出现，也唤了我几声，开始四下茫然地寻找。最后母亲带着姥姥走出房间，这次真的离开了。

那次是母亲逝世后，我和她第一次亲密接触。而后母亲离我越来越远，我只能眼看着她从我的记忆里飘散。夜里我再一次失眠，或许是这个熟悉而陌生的环境让我不适应，屋子里不似家的味道让我阵阵心酸。我努力还原家的场景，却怎样也做不到。缺少人的参与，这间屋子与我始终是分离的。我是一个人，它是房屋，无论怎样揉捏都不能组成一个家。

我实在是无聊，凌晨三点，裹着棉衣去外面走了走。寒风阵阵，不知是下雪了，还是落在屋顶的雪被风再次吹起。城市的雪很脏，只有乡下的雪才干净，吃了都没关系。雪落到嘴唇上，我总要擦掉它。

走了没多长时间，双脚已经冻僵，来的时候只穿了一双春秋的运动鞋。我又蹦又跳，想暖暖脚，僵硬的双脚又麻又疼。我折回家，暖气立刻让我产生睡意，我棉衣也没脱就倒在床上睡着了。

　　白云驿，我日夜向往的地方，再一次进到这里已过去了一两年。我几乎忘记了它的存在。这期间有一个梦境和这里极为相似，但我知道那是梦，并非真实的白云驿。

　　我兴奋得连蹦带跳，向木屋跑去。木屋已经不存在了，变成一座古朴的青瓦顶的房子。排列着瓦片的屋顶竖起一根低矮的烟囱，冒出的白烟没上升多高就凝结成白云，缓缓飘走。白云也不升高，只有上面的白云压下来，把它吃掉。院子和院门前的一切都没有变化，连那只天鹅也还在。

　　房子里走出一个女人，长了一张鹅蛋脸，看样子刚过三十，长相漂亮，说不清像谁，却一点也没有陌生感。她走路姿态轻盈，像踩在草尖上飘过来。

　　"哎哟，你回来了。"她一见面就对我说。我感到诧异，并不认识她。

　　"累了吧，快回屋歇歇。我在河里抓了几条大鱼，这会儿正在锅里焖着。"她又说，"柴火呢？"

　　我完全不知道该怎样回答："你是谁？"

　　"你看你，又这样问我。这已经是第四次了。"她笑容成熟，说，"我是你媳妇啊，你再这样问我可生气了。让你去拾柴火来，你肯定跑出去野，连根草都没带回来。"

　　她拉着我进了房子，屋里多了一个灶台，竹片编的席子把房子隔成里外两间。里间还与之前木屋的陈设一样，唯独少了婚礼葬礼的装扮，多了些女人用的物品。烛台还在观音像下面燃烧着。

女人打了水，我洗过脸。走到镜子前，镜子里的我变回了童年模样，尽管这么多年我的容貌没有太大变化，但额头的六条皱纹没有现在那样深，眼白的颜色也变得清澈明亮，眼里的血印不见了。烛台还在亮着，我一时乱了头脑，傻傻坐在木床上。

我进入白云驿已是黄昏，远处彩云悠荡。白云驿现在格外宁静，屋后的流水因为石墙的阻隔听不真切，也能明显感到它变得温驯。

女人一直在外面忙碌，后来把锅里的鱼盛出来，香气在屋内散开。我和她相对无言地吃了晚饭，她显得很轻松。我搞不清为什么我变成童年模样，却有了妻子。至于她也不跟我多说话，我想，生活在世外桃源的夫妇实际是没什么话可说的。人们谈论的多半都是与别人有关，甚至完全是关于别人的事。这里并没有别人存在，除我们以外唯一活着的就是那只天鹅。

"天鹅什么都不做，也不飞走，蹲在篱笆上，像在看守坟墓，真可笑。"女人边收拾碗筷边说。

"没有同伴怎么飞。"我说，声音也有所变化。

"才不是呢。你知道啊，鸟飞翔最重要的是方向感，没有方向感的鸟飞在天上，一定极度惊恐。"

"这么说，它是一只没有方向感的天鹅。"

"别说天鹅了，在这里住了这么久，我至今也搞不清方向。"她说着笑起来。她很爱笑，她笑起来散发着熬糖时冒出的甜腻气息，让我的心中有难以克制的冲动。如同潮水来临之前，浪花慢慢悠荡。

我这才发现，太阳落山的方向，就在窗户正对的方向。上一次太阳是落在屋后河对岸，也就是现在日出的方向。我走出去看了看那个坟墓，一如上次一样没什么变化。新坟倒是变得不那么新，新土堆已经结板，青石板也被埋了一半。

院子里多了用干草堆得高高的巢穴，大概是天鹅的巢穴。

"你一直把这坟墓当成你母亲的坟一样供奉，可到底是谁的没人知道。开天辟地就有了这个也未必。"女人见我一直跪坐在坟墓前面出神说。

"这就是我母亲。"我说。

"好好，我不与你争辩。"她说，"天也不早了，你进屋来吧。"

进屋后，雷声撕扯着云向这边赶来。电闪雷鸣中，我像藏匿在恐惧之中的一条软体虫子。我担心被雷电伤害，又安心地躲在这里，十分得意。

女人的面孔忽而清晰，忽而模糊，在我面前摇晃。这时，窗户被狂风扯开，我听到那只天鹅在外面惊叫不止。它扇动着宽大的翅膀，向太阳落山的方向飞去，暴雨也没能让它飞行的速度减慢。眨眼间，一道白光自上而下劈下来，正砍在天鹅高昂的头上。天鹅哀鸣，白云一般从天上旋转飘落下来。

我大汗淋漓，回到现实世界。听到敲门的声音，我深呼几口气，打开门是银莲。她两颊冻得通红，提着一个看似很重的箱子。

"都快中午了，你还在睡觉。我敲了这么久门，手都快冻僵了。"她不高兴地说。

"昨晚睡得太晚，你拿什么来了？"

"鸡蛋和一双棉鞋，我妈让我送来。"她边进屋边说，"你脸怎么这么红，还一头的汗，别是发烧了吧。"

"不是，我穿着衣服睡觉，捂出汗了。"我解释。

"这房间里真暖和，难怪你要搬到城里来住。刚开始我还以为是你讨厌我和我妈，现在看来你是来这享福来了。"银莲说，她总是带着尖酸刻薄的语气，让人听了不舒服。

"你要是喜欢，明天你也搬过来住。我住阴面，你住阳面的大房间。"

"才不要呢，来了还得伺候你。"

银莲稍坐一会儿就走了，我把她送到车站，亲眼看她上车。她始终没有回头看我一眼，仿佛我不存在。她性格高冷，我无法判断她对我是厌恶，还是对每个人都是这样冷漠。这种需要揣测的心理让我更加痛苦，比得知她瞧不起我还让人痛苦。我对她的厌恶与日俱增，可是因为班级的那个女生，我见到银莲还有说不清的想要占有的欲望。

高考失利，对我来说是产生意义的上限。之所以这样说，是因为它看似并不能决定我的后半生，我却不得不被它牵着鼻子走。它是暴雨前夕的电闪雷鸣，预示着一种可能。紧随其后的，是一阵暴雨，还是只是阴沉沉的雨云，我无从得知。面对父亲无动于衷的表情，我知道我的后半生会变得没什么光亮。

我十八岁的年纪，父亲对我的失败却像对待流浪汉的死亡一样冷淡。我想不出比这更糟糕的事情。关于电站，早在一个月前就没有希望了。站长的侄子在我预定的岗位工作了将近一个月。无论父亲怎样拜托同事再找一个职位，那个濒临倒闭的电站，连老鼠做窝的地方都已经没有了。

"务农还是自寻出路，你自己选。如果务农，家里的几亩地，我从你叔叔那里要回来，你种；自寻出路，天下之大你随便去，只要不违法乱纪，赚的钱都是你自己的。"父亲冷言冷语说。

小春和银莲就坐在旁边。小春本来想说几句，可她这么久也摸透了父亲的性格，选择闭口不言。

小春只让我吃饭，说做什么选择都行，现在最要紧是把饭吃饱。

我听她的话，吃了三大碗饭，母亲给我限定的只是两碗。这是我第一次在家里面打破母亲的规矩，我像是在吃临刑前的最后一餐。小春看我吃了很多，她很高兴。父亲离开饭桌，小春偷偷对我说："你爸不会不管你，这几天都在托关系给你谋出路。你告诉姨，是要读书还是工作。"

小春的脸贴得离我很近，我闻到她脸上粉脂的气味。母亲从来不擦粉，连一瓶像样的化妆品都没有。

"只要不死就行。"我说，话虽这样说出，想的却是，"死了也行。"

"你这孩子。"小春只当是笑话，一笑而过。

12

银莲也开始放暑假，她的暑假就是在家看书写字，不出家门半步，颇有大家闺秀的习性。不过她有伙伴，她侍弄院子里的花花草草，可花开花谢由不得她，又让她觉得无聊。父亲去市里的文玩市场，遇到她喜欢的旧书会帮她买回来。她都是板着面孔说声谢谢。她拿着书躲进书桌下用纸壳围出来的小天地里看。父亲不在意，说些她还小，不能接受也是对的之类的话哄自己。

我在家里整天要面对父亲，无趣的生活把我囚禁在父亲的视线里。小春来了之后，父亲很少对我发脾气，只是更加阴沉。在他的沉默中，我随时感觉到威胁。我说不清这威胁的具体面目，他总是以审视陌生人的眼光看我。

父亲从不对那对母女发脾气，遇到他不满意的事，他转身不见就算了。这让我觉得他对小春爱护有加。我不知道这份爱护究竟出自哪里，也不敢解读。看起来像是父亲柔情的返照，我这才知道，原来父亲也有包容和善解人意的一面。他会和小春讨论什么食用油安全好吃，院子里该种些什么菜，或是评价小春新买的衣服。这在母亲生前是绝对不会发生的事。如果母亲没完没了说些生活琐事，父亲会发火，认为这些妇人短见入不得他的耳朵。

我不厌烦小春，只是因为父亲这些陌生的柔情，让我感到自己与这个家的不相容。我想起母亲的遗像还在城里的家，决定回到城里住。父亲不同意，说那是没有必要的开销，我说想找工作养活自己。小春早就看出我和父亲深深的间隙，一再劝说父亲，最后他答应让我去城里。

我真的想出去找份工作，可还没走出家门就开始茫然无措。方向、目标、理想之类的词汇一下涌上我的脑海。

憋闷在家中，我几乎崩溃，但是我没有丝毫爆裂的行为表现。丑陋的外表背叛我的另一个表现，是像拥有巨型金属外壳，容得下原子弹在其中爆炸，外观毫无损伤，别人听不到一点响动。粗糙的皮囊下，我的愤怒、悲哀、绝望、喜悦、疯狂，无论达到多么极致，都被那六条皱纹轻描淡写，一带而过。别人永远看不到我盛怒的样子，也看不到我笑得不能喘息的样子。

每日的作息很规律，一天三顿饭后，我都会用一次睡眠来消化食物。

午睡，我进入白云驿。

这次进入，我已没有了之前的喜悦之感。我以前在这里享受到独一无二的安宁，被那个女人打破。白云驿这种毫无缘由的变化，已经让我不高兴。从女人口中得知，已不能单纯地从太阳的位置判断时间。太阳此时在山巅之上，山尖积满白雪，太阳光照射得如同雪山升起火球。树叶上面的露水，还有林间的鸟鸣才是我判断清晨的理由。

这次出现的不是上次那个女人，而是一个少女，一脸天真烂漫。

"这新坟是谁埋上的？"我问道。

"不知道，一直都这样。"少女的声音如泉水。

"埋的是谁？"

"你自己去看嘛。"

我走到石碑前，上面刻着"白云之墓"。我不解这几个字的含义，又向少女发问。

少女摇头说她也不知道："你好像说过埋着一只天鹅，不记得了吗？"

我恍然大悟，难道埋的是那只被雷劈死的天鹅？

"你见过之前一个妇女也住在这里吗？"我问她。

"你糊涂了吗？她不是已经去世很多年了嘛。墓就在这里，你反倒来问我。"少女说着走回房子里。

我在外面汗如雨下，不想过多理清这里面的关系，或许我已经清楚。

我追到屋里，问她："她是怎么死的？"

"被雷劈死的啊，你真是奇怪。"

烛台还在亮着，镜子反射了太阳的光有点刺眼。我换了个位置，正对着镜子里的自己，发现自己已是成年模样，与父亲越发相似，只是父亲的下巴扁方，我的下巴随母亲尖圆。

"你到底是谁？"

"懒得理你了，奇怪。"少女转过头去不看我。

"你到底是谁啊？"

"你觉得我是谁就是谁了。真没意思，咳。"她生气，噘着嘴。

"那我是谁？"我声音很小，并没有问她。

她跳到我身上，亲吻我的脸颊。

"你当然是我丈夫了。"

太阳变得忽明忽暗，白云驿即将塌陷。我脚下没站稳，感觉天旋地转，倒在地上。

恼人的敲门声把我叫回到家中，母亲的遗像正看着睡在沙发上的我。我没好气打开门。

"死活我不会再来这里第三次了。你这人真奇怪，每次都是敲了几分钟的门你才肯开。你不是故意捉弄我玩的吧。太幼稚了。"银莲没头没脸地把我数落一顿。

"你怎么来了。"

"我妈和别人逛街，她知道我不喜欢逛街，非拉着我出来。有点累了，来你这歇一会儿。不方便吗？"说着她已经进了门。

我迅速关上她身后的门，将门反锁上。转身把银莲按倒在地，实施我疯狂的报复计划。此时，我违背了人生的初衷——要开始某项错误的实践活动。

银莲的大喊把我唤醒，我立马松开她……

接到父亲狂怒的电话，我没有任何解释，也没说什么。父亲让我立刻回家见他。我第一次忤逆他的命令。从小到大，我都没有拒绝过给他倒酒的命令。而现在，我拒绝了他让我回家的命令。

我没在那天回家，第二天上午我回了家。事先我告诉了姐姐，让她一定要比我先到家。我把这个行为称之为怕死，也出于本能做的最后一件事。

回到家，最先看到我的是小春，在院子里扫着几片落叶。她的眼中充满愤怒，只说了句："亏了我对你的挂念，你怎么能做出这种事情！"

"不要脸的东西，你还敢回来，看我不打死你！"

片刻，父亲雷鸣般的声音从屋里传出来。

"你快跑啊。"这是姐姐的声音。

"你快去死！"这是银莲的声音。

我向离家最近的那座山上跑去，身后不断听到来自大地的咆哮声。我分不清都是谁的声音，唯一知道的是，那里没有母亲的声音。

逃跑的方向是我有意为之，母亲就睡在那里。我没有去母亲的坟地，绕过那条山路向山的另一面跑去。我不知道要去哪里，姥姥当初还有女儿和兄弟要去寻找。母亲却说，姥姥活着是不可能找到她已死去的大女儿的。现在她们母女三人团聚了。

空荡的山野，我只有向前不断迈步，不敢回头望。家已经被我远远甩在身后，汗水把我湿成落汤鸡。我知道现在狼狈的样子不配再做人。可即便死了也是人之躯，烧成灰也是人的骨灰。这样让人痛恨的事实无法改变，实在是为人的悲哀。

疲惫让我麻木，我不知走了多远，洼地出现一片明镜似的水塘。那是一湾死水，一定很深很深，足以淹死不会游泳的人。我向那个方向走了去。

白云驿，我不断穿梭其中，加速我毁灭的地方。我再一次回来，不想挪动地方去房子那里。

"你生病了吗？"少女的声音响起，"快跟我回去吧，在我怀里睡一会儿能舒服些。"

我拖着身子跟她回去，把疲惫也带到了这里。

屋子里的陈设改变了，我无心仔细分辨哪里不同。

"烛台突然灭了，真奇怪。平时吹都吹不灭，现在自己灭掉了。"少女说，手里把玩着烛台。

"应该在蜡烛灭之前把这幅观音像烧掉。"我说。

"为什么要烧，你不是也很喜欢吗？"

"把母亲留在人间我不放心。"

我大声哭起来，少女吓得不知道该如何是好。

"你快别哭了，你快别哭了。"她说，"第一次见你哭，太可怕了。"

我不理会，只管哭。

"别哭了，你眼睛里的红印不见了，难道被你这一哭给洗去了？"她笑着说。

我想找镜子照一照，看她说的是不是真的，却怎么也找不到镜子。

"镜子呢？"

"昨天去河边洗头发，一不小心掉到河里了。要不你去河边，河面也能当镜子。"

我和她来到河边，河水像凝固了一样，没有一丝波纹，却又真的在流淌。

我蹲下身，看着水中自己的面孔。没错，就是现在的自己。眼中的红印看不清，我蹲得更低。

谁在身后猛推了我一把，我不会游泳。我在水里挣扎，顺着河流向下流，眼看就要到瀑布的地方。我这才看清，岸上站着两个人，一个是少女，另一个是之前那个女人。

我跌落瀑布，本以为会就此死去，却只呛了几口水。我爬到岸上，吐了几口水，发现没有死。没有片刻思索，我用头撞击河边的大鹅卵石，一点疼痛的感觉都没有，也没有流血。

我向几十米高的瀑布的崖顶望去，上面还是那两个人。她们站了一会，转身走开，再也没有回来。

我环顾四周，除了一面是崖壁，其他三面被黑黢黢的原始森林包围着。河流流进树干挂满藤蔓的森林就消失了，看不见平整的河床。

流云不再伸手可触，那一块块黑云终究没有落下一滴雨，像被烟熏黑的。我发现我怕死，此刻死不成更让我恐惧。

想起之前，那边有人打扰我，我就会回去。我盘腿坐定，不自乱阵脚，等有人喊我的名字便可回去，再也不回来。

"救我，唤醒我。"我默念，"唤醒我。"

在默念中，我回忆着这十几年的人生经历，身体开始僵硬，大地像巨大的磁铁把我的双脚牢牢吸附。这样下去，我会成为大地的一部分，或许会变成一棵树，或是化作一摊泥土。在经历了痛苦和绝望之后，我现在感到深深的厌恶，厌恶我能看到和感受到的一切。太阳照在脸上，像在关怀一株植物，让我用植物的呼吸与它交流。我试着用身体能照到太阳的部位感受阳光，皮肤开始出现清凉的感觉，就像被水打湿后对着那里吹气。我闭着眼睛，闻到一股动物身上的特殊气味。

接着，漆黑的森林里吹来一阵暖风，伴随着清脆的响声，像碎玻璃碰撞的声音。我听到人的声音，那声音遥不可及，却在快速地向我奔来，我试图躲闪。由于用力过猛，我听到骨头断裂的声音，疼痛传遍全身。

一声惨叫之后，那个声音开始变得清楚："舅舅，舅舅……"

我意识到自己已经醒过来，我已经离开了白云驿和那片森林，但依旧睁不开眼。有人强行扒开我的眼皮，让眼球被光照亮。又过了一会，我有了视觉，是姐姐，她红肿的眼睛让我错以为她就是母亲，直到她喊我的名字我才知道她不是。我想看看还有没有其他人，病房里除了姐姐，其他人我都不认识。一个白大褂走过来，再一次扒开我的眼睛照了照光，然后笑了。

"姐……"我开口说话的时候已经到了夜里。

"你说，慢慢说，别急，我听着。"姐姐正在床边的柜里找什么，听到我喊她，她猛地抬头，头撞到铁柜的门上。

"疼不疼？"

"不疼不疼。"姐姐说，用手揉着头，留下眼泪。

我想伸出手帮她揉揉，可是胳膊动不了，身体像木头一样僵硬。

"饿不饿？"姐姐说。

"饿。"

"想吃什么，姐给你买。"

"罐头。"我侧着头看了看床头柜上的黄桃罐头。

"好，我喂你吃。"姐姐听说我要吃东西，笑着擦了擦眼泪。

"罐头是小春阿姨买的。"姐姐喂我吃了几口之后对我说。

我没有回应，又吃了几口，感觉吞咽的动作让喉咙很累，有点疼。

"你现在身体动不了吗？"姐姐问我。

"我想动，可是动不了。"我说。

"没事，别着急。医生说你除了一根肋骨有裂缝，其他地方一点病都没有。"姐姐说。

"爸呢？"

"爸今天早上来了，回去了。"

"他还来吗？"我问，我也搞不清这样问的目的。

"明天早上会来。"

"别让他来行吗？"

姐姐的泪水又填满眼眶，她没有说话，只是点了点头。我说我的脸干得发痒。姐姐去打来热水，用热毛巾给我擦脸，去旁边床的病人那里借了点雪花膏擦在我脸上。那味道让我想起了姥姥，不知道姥姥在住院的时候有没有人给她擦雪花膏。我问姐姐外婆去世多久了。姐姐笑了笑说她也记不清了，说我问这个干什么。我又问她母亲去世多久了。她让我别胡思乱想，说医生让我一定要放松情绪，不然身体会一直处于僵硬的状态。她拿着手机去了走廊，过了一会回来对我说父亲明天不回来，让我放心。

我在姐姐家住了几个星期，她和她婆婆轮番照顾我的起居，刚开始，我因感到羞耻，非常不自在，现在已经习以为常了。为了减少排泄次数，我只能少吃少喝。姐姐说我瘦了很多，要多吃点。

那天姐姐接到父亲的电话，她打电话的时候一直看着我，我也在看着她。她没有说什么话，只是应诺父亲的话，然后就挂了。

"爸想来看看你。"姐姐坐在我身边说。

"你让他来了吗？"

　　"他说明天过来。"姐姐不敢看我。

　　"来就来吧。"我说。

　　小外甥女已经跟我混得很熟，每天她跟我说的话最多。我知道了很多她的事情，比如她最喜欢哪个明星，最讨厌幼儿园的哪个小朋友，还有她爷爷总是偷偷给她买汽水喝。她跳到我身上，骑在我的肚皮上说："小春姥姥也会来吗？"

　　"来。"姐姐说，"下来，不是告诉过你不许骑到舅舅身上了吗？"

　　"银莲呢？"我问。

　　"没说来不来。"姐姐说，"你不用担心，爸和小春阿姨都不生气了。就是来看看你，你愿意回去就回去，不想回去就继续在姐家住。"

　　我点头，小外甥女又跑过来问我是不是要回家了，她不想让我走。姐姐让她到外面玩，不要在这里打扰我休息。我几乎都是在睡觉，很少做梦。姐姐每天会把我背起来或者抱起来让我活动身体，我听到身体的关节发出清脆的声响，却没有轻松的感觉。那天夜里我睡得很不好，思绪和梦境混在一起，我多次醒来又多次睡去。

　　"在里屋。"我听到姐姐说话，接着是很多脚步声，好似千军万马在走进我的房间。

　　"二更，二更。"

　　我闭着眼，听着小春喊我的名字，我不想睁开眼。一个男人的哭声，是父亲的。接着是姐姐的，然后又不知道是谁的哭。我想如果我死了，也会出现这样的场景。

"二更，傻孩子。"小春说，"有什么事值得你那样做，他是你爸，还能把你怎样呢？"

我看着她，她变得十分陌生。姐姐来把我抱起来，倚着一堆被褥坐着，房间里有好多人，他们都变得陌生。我找了半天，在门边看到银莲，她也红着眼睛看着我。我想逃跑，一股热血直冲天灵盖，我感觉到手脚的温度，突然双脚直立。

在场的人都吓了一跳，看着我没人说话。

父亲的哭声变得更大，只有他一个人在哭。我试图对比他在祖母和母亲去世时的哭，以及现在的哭声，我发现程度在变强。

父亲要带我回家，我想说不回去，可在这里又给姐姐添麻烦。我主动说回城里的家独自生活。小春坚决反对，说一家人再也不能分开。银莲听了她母亲的话十分惊讶，似乎想阻止她的做法。小春说出要我回去跟他们一起住的时候，她成了房间里的中心，所有人都在看她，包括我和银莲，没有人可以反对。

"你不同意吗？"小春问父亲。

"我怎么会不同意？"

"那就行。"小春说，"就这么定了。"

"回去吧，跟爸和小春阿姨一起住。"姐姐也劝我。

我看着父亲，他还是那么苍老，或者变得更苍老。但我也觉得他很陌生，记不清他以前苍老的程度。

"对不起。"我低下头。

"没事。"小春抢着说，化解我的难堪，"一家人不用道歉。"

"银莲，过来。"小春摆手叫银莲，"二更表态了，你也表个态。"

"我会忘了那件事。"银莲艰难地说。

她这句话对我是毫无意义的，就像我的道歉之于她。但是我们之间的关系一下子松动了，好像有清风穿过。几天来姐姐终于笑了，我想我做了件对姐姐有益的事，如果还有类似的事我一定会义无反顾地去做。

父亲没有跟我商量，托关系在城里给我找了一个在工厂做钳工学徒的工作。我问他，我一定要做这份工作吗？他说如果不做，我就继续上学去。我选择了前者，觉得父亲也希望我这样选择。我慢慢发觉，我曾试图找到和父亲化解恩怨的想法是错误的。如果我们有恩怨，是无法化解的，比如母亲的去世；如果我们没有恩怨，又何须化解。我摆脱不了我和他的父子关系，反过来他也是同样。我能做的就是尽快自立。

尽管说回家一起住，为方便上班，我还是住在城里的家。银莲再一次独自登门，我不太想让她进门。她带来些鸡蛋和新鲜玉米，还有一个饭盒的芸豆排骨。她站在门边看我把东西拿进厨房，我问她玉米要煮多久才能熟。

她问我在家从来不做饭吗？

我说我做饭，但没煮过玉米。

　　她说要不她把玉米煮好了再回去。我等会要陪她去买一辆自行车，她的那辆坏了。

　　在等玉米煮熟的时间里，我和她一直在看电视，谁也没有说话。她坐在厨房边的凳子上，我坐在沙发上。她看着柜上母亲的遗像，说她早就想说我母亲和姐姐长得很像。

　　我问她觉不觉得我跟父亲长得像。

　　她捂着嘴笑了，说确实很像。

　　我问她长得像她父亲吗？因为她和她妈不太像了。

　　她说是的，别人都说他们父女俩很像。

　　又沉默了很久，银莲说，如果我没有被找回来，她会内疚一辈子。

　　我有些慌张，她为什么会内疚，她一点错都没有。

　　我说如果她知道我走丢了而偷着笑我也不会怪她。

　　她说她可没有那么冷酷无情。

　　我说我一直以为她是个冷酷无情的人，所以不敢靠近她。

　　她说她觉得我也是那样的人，也不敢靠近我。又接着说，她很羡慕我有个姐姐。

　　我微笑着没有说话，酝酿了片刻，我说她现在不仅有个姐姐，还有个哥哥。

　　她愣在那里，想笑又想哭的表情让她看起来没有之前那么漂亮，可是却很温暖。

　　我用工资给她买了辆自行车，让她把父亲给她的钱带回去。她说还想买一套世界名著，问我可不可以用这个钱买。我说当然可以，就当那些钱买了自行车，我送她一套世界名著。她带我去了新华书店，这是我第一次进书店。她给我介绍了好几个她喜欢的作家，我只记得赛珍珠，因为这个名字很好记。

钳工的工作每天都很累，我原本就瘦弱没力气，师傅说练一练就好了，让我千万不要偷懒，不然一辈子都不能适应这个工作强度。那天下班，跟几个工友去大排档喝了点酒，他们都比我年纪大，我酒力自然比不过他们。喝了没几杯我就脸红头晕，好在及时打车回家了。

那天夜里又进入白云驿，我感到恐惧，再也没有从前那样愉悦的心境。那里还跟以前一样，植被丰富、空气清新。草地、大河与悬崖下面的漆黑森林，远处的山等等都还跟以前一样，唯独那个房子不见了，视野范围内也没有另一座房子。坟墓也消失了，这里完全成了无人涉足之地。我站在松林的边缘不敢向前迈步，只想在那里等着回到现实世界。

突然，一朵白云从天而降，慢慢我看清那是一只天鹅，我不确定是不是之前的那只，它们长得都一样。它落在我身边不远处，朝我伸长脖子叫了几声。我想赶走它，因为看到它喙上秘密排列着的利齿。它飞走了，朝着瀑布下面的漆黑森林飞去，消失在森林里。

我像这里的树一样舒展双臂，大口地呼吸着，似乎感觉到自己身上所有的褶皱都因松弛而展平。

闹钟响了，我醒过来。

今天是小春的生日，银莲等会会来找我一起去买生日蛋糕。

　　我出门的时候回头看了看母亲的遗像，我才发现，那张黑白照一直是微笑着的。